도롱뇽의 49재

도롱뇽의 49재

아사히나 아키 지음
최고은 옮김

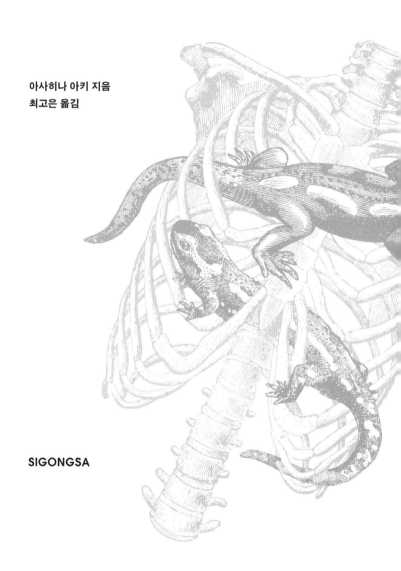

SIGONGSA

1

고타쓰에 앉은 채 배웅할 수도 없어서 옷걸이에 걸어둔 코트를 빼서 걸쳤다. 거실 밖으로 한 걸음 내디디자, 발가락 뼈가 바스라질 것처럼 싸늘한 복도의 감촉이 느껴졌다. 현관에서는 5분 만에 대충 화장을 마친 어머니가 뒷굽이 닳아버린 운동화에 발을 끼워 넣고 있었다. 쭈그리고 앉은 어머니의 굽은 등 너머로 들어올 때는 알아채지 못했던 키 작은 팬지꽃 무리가 담을 따라 보랏빛으로 피어 있는 모습이 보였다.

"어우, 춥다. 둘 다 나오지 마."

어머니는 집게손가락으로 운동화 뒤축을 펴더니 가방

을 어깨에 메고 현관을 나섰다.

완전히 늘어져 있던 터라 구두를 신을 기분이 들지 않아서 나는 눈에 들어온 아버지의 남색 크록스를 신었다. 신발이 헐떡거리는 소리를 들으며 현관에서 야트막한 계단을 내려갔다. 대문까지 나갔을 때 어머니는 이미 자전거를 타고 언덕을 내려가고 있었고, 곧 모퉁이를 돌아 시야에서 사라졌다. 2월의 쌀쌀한 바깥 공기에 서둘러 현관으로 들어왔다. 종종걸음으로 복도를 지나자 따가울 정도의 한기가 발바닥에 스며들었다. 난방을 켜둔 거실로 들어와서도 얼음장 같은 바닥만은 복도와 같은 온도라 복숭아뼈까지 저릿했다. 거실 구석의 4.5조 다다미 바닥에 착지하며 기세를 몰아 고타쓰에 다리를 넣었다. 거친 숨을 가다듬고 있는데 고향집의 냄새가 났다.

딸들이 몇 달 만에 왔는데 어머니는 아르바이트를 나갔고, 아버지는 아직 자고 있었다. 켜놓은 텔레비전만이 집에 왔다는 것을 실감하게 했다. 채널을 바꿔 오후 프로그램을 한차례 둘러보았을 때였다.

"2층으로 올라가자."

추위에 입을 꾹 다물고 있던 동생 순이 말했다.

전원 버튼을 몇 번 눌러도 작동하지 않는 리모컨에 나는 서서히 짜증이 솟구쳤다. 짜증을 내며 일어나 텔레비전 옆에 달린 전원 버튼을 눌러 화면을 껐다.

그리고 들고 있던 리모컨을 내려놓았을 때였다. 텔레비전 옆의 잡지꽂이가 눈에 들어왔다. 집어 든 음식 잡지는 10년 전의 것으로 히라쓰카역 주변의 맛집 정보가 실려 있었다. 고타마, 산살 등 중학교 서클 활동을 마치고 돌아오는 길에 들렀던 카레집은 이미 오래전에 장사를 접었다.

사라진 가게의 사진을 보다 보니 지독한 그리움에 빠졌다.

"아, 옛날 생각난다."

가슴에 스며드는 감정을 그대로 소리 내어 말한 뒤 잡지를 제자리에 돌려놓고 그 옆의 후리소데⁺ 카탈로그를 집었다. 낯익은 표지의 그것은 성인식용 후리소데 카탈로그였다. 고타쓰로 돌아와 첫 페이지를 펼쳐보니, 역시 10년

✦   振り袖, 미혼 여성이 입는 전통 예복. 소매 폭이 넓고 길며, 화려하다.

전의 카탈로그였다.

어떤 후리소데에는 포스트잇이 붙어 있었는데, 열아홉의 나나 슌이 붙였을 테지만 전혀 기억에 없었다. 하지만 그 시기에 어째서인지 분홍색과 노란색 포스트잇을 붙이는 데 집착했던 기억이 떠오르는 걸 보니 둘 중 누군가가 붙인 건 틀림없었다.

"아빠가 자기 태어났을 때 이야기했던 해 아냐?"

슌은 그렇게 말하고 나서 입을 다물었다. 내 뇌리에도 카탈로그를 펼쳐놓고 포스트잇을 붙이는 두 사람의 앳된 손이 불쑥 떠올랐다. 나는 카탈로그를 넘기면서도 멍하니 슌의 추상에 몸을 맡겼다.

머릿속에서는 열아홉의 슌이 거실 테이블에 삐딱한 자세로 팔꿈치를 대고 앉아 소다아이스크림을 먹고 있었다. 그러다 아이스크림을 빈 머그 컵에 넣고 카탈로그에 실린 후리소데에 통통한 흰 손으로 포스트잇을 붙인다.

다다미 바닥에는 아버지가 드러누워 있다. 10년 전이라 아직 흰머리는 많지 않다. 고타쓰를 꺼내놓지 않은 걸 보면 아직 따뜻한 계절인 것 같았고, 바닥에 팔꿈치를 괴고

드러누워 있었다.

아버지는 조심스레 일어나,

"갓짱은 옛날부터……."

하고 말을 걸다가 이내 말꼬리를 흐렸다. 오랜만에 '갓짱'이라는 이름을 듣고 뺨이 움푹 팬 큰아버지의 얼굴이 떠올랐다.

"큰아버지가 왜?"

내 말을 무시하고 아버지는 벌렁 드러누웠다.

"아, 엄마 말하는 거구나."✦

쑥스러워하듯 중얼거리는 소리가 들렸다. 슌은 큰아버지 일은 안중에도 없는지 그저 포스트잇을 붙이고 있다. 한동안 침묵이 이어진 뒤 아버지는 상반신을 일으켜 돌아보았다. 그러더니 큰아버지의 출생에 얽힌 이야기를 했다.

병약, 허약이라는 단어가 어울리는 큰아버지 가쓰히코였지만, 갓 태어났을 때는 평범한 신생아와 별반 다르지 않은 건강하고 통통한 아기였다. 태어난 곳은 아직 시市로 권

✦　일본어로 어머니를 '가짱おかあちゃん'이라고 한다.

한이 이양되기 전의 국립나라병원이었는데 옥상에서 고후쿠지[+]의 오층탑이 보였다.

특별한 질환도 없었기에 태어난 지 엿새 후에 모자는 별일 없이 퇴원했다. 가쓰히코가 찍힌 가장 오래된 사진은 퇴원할 때 아버지인 다쓰지가 찍은 것인데, 오층탑을 배경으로 어머니 쓰와코의 품에 안겨 있었다. 그때는 누가 봐도 통통한 아기였다.

하지만 몇 달 후부터 아기는 팔다리가 점점 여위어가더니 눈도 움푹 패었다.

쓰와코는 걱정되는 마음에 분유를 열심히 먹였고, 아이도 주는 대로 토하지 않고 잘 받아먹었다. 그럼에도 태어난 지 6개월 뒤 검진에서는 영양실조 상태라는 이야기를 들었고 의사는 부모가 아이를 제대로 돌보지 않는 것인지 의심했다.

그 뒤로 쓰와코와 다쓰지는 의사가 처방해준 약을 분

[+] 興福寺. 일본 나라시에 위치한 불교 사찰. 유네스코 세계유산으로 지정되어 있다.

유에 섞어 먹였지만 기근에 굶어 죽기 직전의 젖먹이처럼 팔다리와 머리는 여위고 배만 불룩해졌다. 종국에는 골밀도까지 감소해서 몇 주 뒤에 결국 입원했다. 병원에서 주는 이유식을 먹고 수액 처치를 받았는데도 살이 계속 빠지자, 위장에 문제가 있는 게 아닌지 내시경 검사를 받게 되었다.

영유아라 내시경은 어머니의 입회하에 실시했다. 간호사는 아이를 두툼한 목욕 수건 위에 눕힌 뒤 버둥거리는 작은 손발을 능숙하게 수건으로 감쌌다.

"다 됐어요."

도롱이벌레처럼 수건으로 둘둘 싼 아이를 검사대 중앙선에 맞춰 눕힌 뒤, 약품장에서 약을 꺼내어 검사 준비를 했다.

쓰와코는 사지가 구속된 아이를 바라보았다. 꿈틀거리며 몸을 힘껏 움직여보아도 역시 둥그스름한 복부와 달리 여윈 견갑골이 수건 너머로도 또렷하게 튀어나온 걸 알 수 있었다. 갓 태어났을 때는 통통하던 아이가 채 1년도 되지 않아 이렇게까지 여위다니. 어머니로서는 견디기 힘든 고통이었다. 쓰와코는 검사대 옆에서 상반신을 내밀어 앙

상한 어깨를 쓰다듬었다.

이내 늙은 의사가 들어와 새까만 뱀장어 같은 관을 어깨에 짊어졌다. 관 끝을 깨끗하게 닦고, 접안렌즈를 들여다보는 의사를 보고 쓰와코는 그것이 '내시경'이라는 걸 알아챘다. 지인에게 무척 힘든 검사라는 이야기는 들었지만 상상했던 것과 너무 달라서 놀랐다.

"자, 어머니, 아기 몸을 옆으로 눕혀주시죠."

쓰와코가 아이의 몸을 의사 쪽으로 돌려놓자, 간호사가 공갈 젖꼭지 같은 마우스피스를 입에 끼웠다.

의사는 내시경 끝을 아이 입에 갖다 대더니 조금도 주저하지 않고 쑥 넣었다. 쓰와코는 저도 모르게 어깨를 움츠렸지만 아이는 꼼짝도 하지 않았다. 미끌미끌한 내시경의 기다란 관은 구부러지지도 않고 마술처럼 술술 입안으로 들어갔다.

"어머, 아주 기특한 아이네요."

간호사는 울지 않는 아이에게 미소 지었다. 한편, 의사는 구부정한 자세로 내시경의 접안렌즈에 오른쪽 눈을 대고 들여다보았다.

"불 좀 꺼주게."

"네."

간호사가 불을 끄자 접안렌즈에서 새어 나오는 빛이 늙은 의사의 눈가를 비췄다. 내시경 관을 위 속으로 집어넣고서 의사는 부산스럽게 왼쪽 손을 움직이기 시작했다. 그런 움직임이 10분쯤 이어지다 순간 동작이 멈췄다.

"아무 이상도 없군요."

늙은 의사의 중얼거림에는 특별한 이상이 없다는 안도와 아이가 여위어가는 원인을 모른다는 낙담이 뒤섞여 있었다. 렌즈에서 눈을 떼더니 늙은 의사는 크게 한숨을 내쉬었다. 구부정한 목을 주무르다가 눈이 마주치자 태연하게 제안했다.

"어머님도 한번 보시겠습니까?"

쓰와코는 검사대를 돌아 의사 옆으로 가서 허리를 구부려 렌즈를 들여다봤다.

내장을 들여다본다는 생각에 조심스레 렌즈에 눈을 가져다 댔지만, 눈앞에 펼쳐진 건 촉촉한 연분홍빛의 광경이었다. 일반인도 알아볼 수 있을 만큼 건강한 상태였는데, 연분홍색 점막에 빛이 반사되는 모습에서 눈을 뗄 수 없었다.

"지금 보시는 게 위장입니다."

공기로 부풀어 오른 위장은 아무것도 없이 텅 비어 있었다. 튀어나온 곳도 없거니와 팬 곳도 없었다. 쓰와코가 렌즈에서 눈을 떼자 의사가 다시 들여다보았다. 쓰와코가 뒤로 물러나려고 하자,

"음? 조금 왼쪽으로 치우친 것 같은데."

의사는 그렇게 말하더니 다시 왼손을 움직였다.

"위장이 뭔가에 눌려 있군."

오른손으로 관을 몇 센티미터쯤 빼낸 뒤에 동작을 멈췄다.

"간이라고 하기에는 위치가 낮고, 담낭이라기에는……."

쓰와코는 걱정스러운 마음에 그 자리에서 다음 말을 기다렸다. 하지만 의사는 거기서 꼼짝도 하지 않고 그대로 입을 다물더니 한참이 지나서야 말문을 열었다.

"와카야마?"

의사는 미간을 찌푸리며 렌즈에서 눈을 떼고 뭔가 떠

오른 듯 허공을 응시했다. 심란해진 쓰와코는 허락도 구하지 않고 다시 허리를 구부려 렌즈를 들여다보았다.

아까보다 공기가 들어가서 위장은 풍선처럼 부풀어 있었다. 의사의 말대로 위장 오른쪽 벽만 돌출되어 있었다. 연분홍색 점막이 위장 밖에 있는 뭔가의 형태를 비추고 있었는데 마치 퀴즈 프로그램 같았다.

"시라하마 말이야."

자기 출신지를 말하는 의사의 목소리를 듣고 쓰와코는 렌즈에서 눈을 뗐다.

"근처에 도조지라는 절이 있는데, 조루리✦에 등장하는 이리아이자쿠라로 유명한 곳이었어."

늙은 의사는 온화한 목소리로 말을 이었다. 와카야마의 의대를 졸업한 뒤 미에현의 쓰시에서 수련을 마치고 오사카, 그리고 이곳 나라에 부임해서…….

거기까지 이어졌을 때 쓰와코는 헛기침을 하며 볼멘소리를 했다.

✦　浄瑠璃, 샤미센 반주에 맞추어 이야기를 읊는 일본의 전통 예능.

"고향이 그리우세요?"

의사의 눈에 냉정함이 돌아왔다. 겸연쩍은 듯 내시경을 들여다보더니 얼버무리듯 사진을 찍기 시작했다. 정적에 휩싸인 검사실에서 쓰와코는 수수께끼의 돌출부를 떠올렸다. 분명히 낯이 익은 모양새였다. 짚이는 곳이 있는 것 같은데 그게 무엇인지 떠오르지 않았다.

"엑스레이 검사실로 보내게."

의사는 한숨을 내쉬며 지시를 내리더니, 갓난아이의 입에서 기다란 내시경을 빼서 검사실을 나갔다.

엑스레이 검사 순서를 기다리며 지쳐 졸기 시작한 아이를 껴안고 쓰와코는 복도 의자에 앉았다. 갓난아이의 배에 진료 기록부와 현상된 사진을 올려놓고 보면서 대체 이게 무엇인지 생각했다.

카우치 소파

석유 탱커

출신 고등학교의 원형 건물과 인접한 방

그런 것들이 머릿속에 떠올랐지만 사람 몸속에 있을 리 없다고 부정했다.

"뭐예요?"

정신을 차려보니 이웃인 야마타니가 옆에서 사진을 들여다보고 있었다. 한 달 전에 술 먹고 취해서 부러진 발목에 깁스를 하고 있었다.

"아, 야마타니 씨. 발목은 좀 어떠세요?"

"곧 깁스 푼다고 하더라고요."

야마타니는 목발에 체중을 싣더니 사진에 얼굴을 들이댔다.

"위내시경 사진이에요."

"이게 위내시경이라고요?"

"네. 우리 애 뱃속에 뭔가 있는 것 같아요."

"뭘까? 낯이 익은데."

이야기를 이어가다 보니 어느샌가 검사를 기다리는 환자와 지나가던 방문객들까지 몰려들어 일고여덟 명의 무리로 늘어났다.

제일 나중에 온 젊은 의사가 의기양양한 목소리로 말

했다.

"집에 이런 모양 물건 없었나요? 비닐로 된 장난감이나 열쇠고리 같은 거요. 애들은 뭐든 입에 넣으니까요."

"먹었을 리는 없지. 위장 밖에 있으니까."

누군가의 말에 의사는 "아, 그렇겠네요" 하고 부끄러워하며 수긍했다.

툭툭 어깨를 치는 손길에 고개를 들자 야마타니가 복도 안쪽을 가리키며 말했다.

"부르는데요."

"하마기시 씨, 들어오세요."

안쪽 문을 열고 기사가 손짓하고 있었다. 쓰와코는 자는 아이가 깨지 않도록 조심스레 방사선실에 들어갔다.

실내는 서늘했다.

"아이를 여기 눕혀주세요. 아, 이거군. 대체 뭐지."

기사는 아이의 배 위에서 진료 기록부와 엑스레이 사진을 집어 옆방으로 갔다. 시키는 대로 검사대 위에 아이를 눕히자 잠에서 깬 아이가 맑은 눈으로 쓰와코를 바라보았다. 어딘가에서 이런 눈의 사람들을 본 적이 있었다.

"음……."

태어난 지 얼마 되지도 않았는데 성인에게도 힘겨운 위내시경 검사를 울음 한번 터뜨리지 않고 받는 아이를 보니 대견하다기보다는 안쓰럽다는 마음이 들었다.

"그럼 찍겠습니다. 어머님은 이쪽으로 오시죠."

천장 스피커에서 들리는 목소리에 쓰와코는 옆방으로 타닥타닥 발소리를 내며 피했다. 방에는 아까 위내시경 검사를 담당했던 늙은 의사와 출산했을 때 담당이었던 산부인과 의사와 소아과 의사 등도 있었는데 쓰와코는 인사를 건네며 방 안쪽으로 들어갔다.

엑스레이를 여러 장 찍은 뒤 문이 열렸다. 쓰와코는 기사와 함께 방사선실로 들어갔다. 아까와 같은 자세로 천장을 올려다보는 아이는 수건에서 꺼내주자 갑갑했다는 듯 팔다리를 버둥거렸다. 그런 아이를 달래며 옆방으로 돌아오자 사진은 이미 나와 있었고 여러 의사들이 들여다보고 있었다.

몇십 초쯤 뭐라고 수군거리더니, 이내 엑스레이 사진을 에워싼 의사들 틈에서 감탄이 터져 나왔다. 쓰와코는 들여다보려 했지만 의사들의 벽에 가로막혀 볼 수 없었다. 쓰와코를 본 주치의가 흥분이 채 가시지 않은 표정으로 그녀를 들여보내주었다.

"보호자분, 이쪽으로 오시죠."

쓰와코는 아이를 어르며 새까만 사진 앞으로 갔다. 사진에는 아이의 골격이 하얗게 표시되어 있었다. 주치의는 오른쪽 옆구리 부근을 가리켰다. 낯익은 작은 뼈가 보였다.

"아……."

쓰와코는 고개를 가로저으며 중얼거렸다.

"열빙어."

작고 가녀린 등뼈 하나가 깨끗하게 나 있었고, 거기에서 생선의 척추뼈 같은 얇은 뼈가 모로 뻗어 있었다. 하지만 아이에게 열빙어 같은 걸 먹인 적이 있었던가. 하물며 사진에 찍힌 것처럼 한 마리를 통째로. 확신을 가지고 '열빙어'라고 말하기는 했지만 이내 그럴 리 없다는 사실을 깨달았다.

"보호자분, 아이입니다. 여기 아기가 있습니다."

주치의의 말을 듣고도 전혀 짚이는 데가 없었다.

"네? 임신인가요?"

한숨 같은 목소리만 새어 나올 뿐이었다.

임신이라뇨, 애초에 저희 아이는 남자아이인데요. 쓰와코는 한 걸음 다가가 정면에서 엑스레이 사진을 뚫어져라 바라보았다. 듣고 보니 등뼈 끝에는 둥근 두개골 같은 게 있었고 등뼈 중간에 얇은 성냥 같은 게 여러 개 달려 있는 모양새가 접힌 팔다리처럼 보이는 것도 같았다.

"벌써 손주가 생긴 건가요?"

마치 자신이 부정을 저지른 듯한 기분이 들어서, 쓰와코는 남편에게 뭐라고 설명할지 당혹감에 휩싸였다.

그러자 의사는 힘주어 고개를 저었다.

"아뇨. 손주가 아니라 형제입니다."

그 말에 더욱더 영문을 알 수 없어져서 쓰와코는 고개를 숙여 아이를 들여다보았다. 당사자인 아이는 여전히 차분한 표정이었다.

의사들이 의학적인 논의를 시작했지만 쓰와코는 그런 전문적인 이야기를 거의 알아들을 수가 없었다. 그저 한 귀로 흘리며 가만히 아이와 마주 볼 뿐이었다.

하지만 아이의 여린 눈을 바라보는 사이에 "아, 그렇구나" 하고 납득이 돼서 고개를 들었다. 논의하던 의사들은 입을 다물고 의아스러운 표정으로 쓰와코를 보았다.

"선생님. 이것 좀 보세요."

쓰와코는 아이를 안아 의사들에게 얼굴을 보였다.

"이 아이, 임신부의 눈을 하고 있어요."

태내의 존재를 무조건적으로 받아들이는 온화함, 그러한 감정을 지금 이 아이는 느끼고 있을 것이다. 얼마 전까지 저도 임신부였으니까 알아요. 그리운 감각에 몸에서 긴장이 풀렸다. 기묘한 사실은 몸 어디에도 걸리지 않고 스르륵 뱃속으로 떨어졌다.

배만 불룩하고 다른 부위는 여위어가는 것도 태아에게 영양분을 뺏기고 있기 때문이었다. 자신 역시 임신 중에 이 하나가 빠졌다는 걸 떠올리고, 쓰와코는 빈 곳에 채워 넣은 의치를 혀로 쓸었다.

'태아 내 태아'라는 진단이 내려지자 다시 외과 의사와 산부인과 의사, 소아과 의사가 모여서 어떻게 꺼낼 것인지 검토를 시작했다. 아이는 갓난아이의 몸속에 있어서 무척 작았고, 꺼내도 혼자서 살아갈 수 있을지 회의적이라 결국 그들은 어느 정도까지 성장하기를 기다리기로 했다. 다행히도 여위어가는 갓난아이와는 대조적으로 몸속의 아이는 쑥쑥 자랐고, 반년이 지났을 즈음 외과 수술로 무사히 뱃속에서 나왔다.

지금까지 암을 절제하기만 했지 갓난아이를 꺼낸 건 생전 처음이라며 수술을 집도한 외과 의사는 기쁨을 주체하지 못하는 표정으로 연신 축하의 말을 쏟아낸 뒤 서류 선반을 뒤져 출생신고서 한 장을 꺼냈다.

"축하드립니다, 축하드립니다."

그리고 1년 전에 산부인과 의사가 작성한 출생신고서 복사본을 옆에 두고 출생증명서의 출생 장소, 출생 일시, 부모의 성명, 그 밖의 항목들을 그대로 옮겨 적었다. 이름, 키, 체중을 제외한 모든 내용이 같았다.

형의 뱃속에서 꺼낸 날이 태어난 날이 아니었다. 형의 뱃속에 있었다고 형의 아이는 아니다. 유전자는 역시 부모인 쓰와코 부부의 것이라 형이 태어났을 때 동생도 동시에 태어난 셈이라고 했다.

쓰와코는 그날 바로 시청에 출생신고서를 제출하러 갔다.

"여기, 69년으로 수정해주세요."

젊은 직원은 '출생 일시'란을 가리키며 말했다.

"날짜가 잘못됐나요?"

"올해는 69년이잖아요. 수정해주세요."

"사실 68년에, 1년 전에 태어난 거라……."

"네…… 출생신고서는 태어난 지 2주 안에 제출해야 합니다. 가끔 이런 분들이 계시더라니……."

젊은 직원은 한숨을 내쉬었다.

"우에지마 씨, 좀 여쭤볼게요."

일어나서 큰 소리로 물으며 안쪽으로 상사를 부르러 갔다.

"1년 전의 출생신고서는 접수할 수 없죠?"

쓰와코는 가방을 접수처에 내려놓고 안에서 서류를 꺼냈다.

"난처하게 됐네요. 지금 호적을 만들 수 있을지……."

안에서 중년 남성이 젊은 직원과 같이 나왔을 즈음, 쓰와코는 이미 엑스레이 사진과 의사의 진단서, 그리고 외과의사가 그려준 '갓난아이 속의 태아'라는 명화 같은 제목의 설명문을 늘어놓고 있었다.

그 후에 중년 남성 상사가 나와서 법원 서류가 필요하다는 설명을 했다. 결국 그로부터 며칠 동안 쓰와코는 시청과 지방법원을 잇는 오미야 거리를 버스로 몇 번이나 오가야 했다.

법원의 서류를 첨부해 간신히 시청에 출생신고를 끝냈을 때였다.

"어떤 아이를 형으로 신고하시겠습니까?"

그 물음에 쓰와코는 다쓰지와 서로 마주 보았다.

부부는 가쓰히코가 형이라고 철석같이 믿고 있었고, 출생 일시는 같았기에 호적상으로 누가 형이라도 상관없다는 게 시청의 설명이었다.

뱃속에 있던 태아를 형으로 할 수도 없었고, 또한 태아를 품고 있던 아이를 동생으로 할 수도 없었다. 역시 원래 생각했던 대로 가쓰히코를 형으로, 그 뱃속에서 태어난 아이에게 와카히코라는 이름을 붙여 동생으로 신고했다.

이런 귀찮은 일들을 처리하는 동안, 큰아버지의 몸에서 나온 아버지는 무시무시한 속도로 성장했고, 몇 달 만에 신생아 치료실에서 나올 수 있었다고 한다. 갓난아이 속에 살고 있었기에 태어났을 때의 체중은 700그램도 되지 않았지만, 퇴원할 즈음에는 표준체중을 따라잡았고 형을 추월했다고 한다.

"그때부터 지금까지 갓짱은 계속 마른 체형이야."

10년 전에 그런 이야기를 해주었던 아버지, 와카히코는 지금 2층에서 자고 있어서 거실에는 없다. 아버지가 10년 전 그날, 자신의 출생에 대해 떠올리고 이야기를 들려준 건, 딸들이 큰 병 없이 성인식을 맞이했기 때문이라는 걸 이제 와서 깨달았다.

한편, 아버지와 큰아버지의 출생 이야기를 떠올린 장본인 순은 진작에 싫증이 나서 후리소데 카탈로그를 이미 절반이나 넘겼다. 펼쳐진 페이지에는 노란색과 분홍색 포스트잇이 한 장씩 붙어 있었다. 10년 전에 붙여놓은 것이라 접착력이 약해진 탓에, 거무스름한 노란색 포스트잇은 금방이라도 떨어질 것 같았다.

"분홍이나 살구색이 낫지 않아?"

순은 페이지 오른쪽 위를 가리켰다. 빨간 원단을 전통적인 홀치기염색으로 장식한 후리소데에 분홍색 포스트잇이 붙어 있었다.

"아니, 난 그런 거 옛날부터 안 좋아했는데."

그 후리소데는 아무리 봐도 내가 고를 만한 것이 아니었다.

"나는 더 안 좋아하는데."

순은 손끝으로 그 후리소데를 툭툭 두드렸다. 페이지 왼쪽 끝에 있는 후리소데에는 노란색 포스트잇이 붙어 있었다. 금색 테두리의 국화와 작약이라는 고전적 문양의 후리소데 역시 내가 고를 법한 옷은 아니었다.

"역시 노란색 포스트잇은 순이 붙인 건가."

"그러니까 그렇게……."

순은 머릿속에 떠오른 확신에 따라 대답했고, 그 음색에 나는 묘하게 납득했다. 후리소데가 완전히 보이도록 포스트잇을 넘겼지만 둘 다 아무 말도 하지 않았다.

결국 고른 후리소데는 이 카탈로그에 실려 있던 것이

었던가 싶어서 페이지를 넘겼더니 금방 남성용 몬쓰키하카마[+]로 넘어갔다. 나는 고타쓰에서 나와 부엌의 리모컨으로 난방을 2도 올렸다. 발바닥이 아플 정도로 시려서 어머니가 부엌에서 신는 슬리퍼 위로 대피했다.

순은 뒤돌아 냉장고를 열고 안을 살폈다.

"따뜻한 게 좋겠어."

하지만 순은 대답 없이 계란과 얇은 당면을 꺼냈다. 중국식 수프라도 만들어준다면 고마울 텐데 하며 가만히 보고 있는데 느릿느릿 계단을 내려오는 발소리가 들렸다.

아버지가 느긋한 걸음으로 거실에 들어왔다.

"맨발로 안 추워요?"

계란을 풀던 순이 동작을 멈추고 중얼거렸다.

"어. 아, 그렇지. 오늘 온다고 했지. 엄마는 알바 갔어?"

"한 시간 전쯤에."

"일은 어때?"

"똑같지, 뭐."

[+]   紋付袴, 문양이 들어간 일본 남성의 전통 바지.

"어우, 춥다. 공장은 더 뼛속까지 시리지?"

고타쓰에 들어간 아버지는 추위를 느꼈는지 두 손도 안으로 집어넣었다. 50대에 들어서 지난 몇 년 동안 흰머리가 단번에 늘어났고 등도 조금 굽었지만, 그런 아버지에게서도 10년 전의 흔적을 충분히 찾아볼 수 있었다.

"아, 있다, 있어. 그 뒷이야기가 생각났어."

슌도 마찬가지로 아버지를 보고 생각났다. 10년 전 그때 이야기했던, 큰아버지의(그리고 아버지 자신의) 출생에는 뒷이야기가 있었다.

아버지는 요컨대, 외과 의사의 손에 꺼내질 때까지 도합 12개월 동안 형인 가쓰히코의 몸 안에서 더부살이를 했다. 더욱 놀라운 건 큰아버지의 몸속에 존재하던 것이 아버지만이 아니었다는 사실이다. 왼쪽 옆구리, 아버지가 있던 반대쪽에는 낭포라 불리는 작은 주머니가 있었는데, 그 안에 척추와 손가락뼈, 안구, 머리카락, 치아 등이 들어 있었다. 외과 의사의 말로는 그곳에서 또 한 명이 자랄 예정이었지만, 충분히 성장하지 못했거나, 아니면 모체인 가쓰히코에게 흡수당했을 것이라고 했다.

"태어났다면 어떤 사람이었을까?"

일란성 쌍둥이인데도 불균형하게 태어나서인지 아버지와 큰아버지는 하나도 닮지 않았다. 그러니 만일 셋째, 삼촌이 무사히 태어났다면 분명 두 형과는 닮지 않았을 것이다.

"원래는 세 쌍둥이였구나."

순이 그렇게 말하며 무심하게 프라이팬을 꺼내는 걸 보고서야, 오믈렛을 만들려고 한다는 걸 알았다.

"아빠, 뭐 드실래요?"

순은 고타쓰 테이블에 팔을 괸 아버지에게 물었다.

"뜨끈한 게 좋겠어."

"오믈렛 괜찮아요?"

냉장고를 열고 계란 두 개를 꺼냈다.

"밥은 없어?"

"해놓은 게 없을 것 같은데. 아, 어제 밥 남은 거 있네요. 오므라이스 드실래요?"

돌아보자 아버지는 테이블에 팔을 괴고 졸고 있었다. 한숨을 내쉰 건 나였을까, 순이었을까, 구별할 수 없는 걸 보니 둘 다 진저리를 친 것이겠지.

아버지는 태어나서도 형의 몸에 얹혀서 자기 폐로 호흡조차 못 한 채 산소를 가로챘고, 열 달(어머니의 뱃속)하고 열두 달(큰아버지의 뱃속) 동안 바깥세상에 던져지지 않았으니 성격이 태평할 만도 하다.

오므라이스가 완성되어 내가 그릇에 담자, 아버지는 알아챘는지 고개를 들었다. 갑작스레 아버지에게 오므라이스를 주기 싫어져서, 혼자서 먹을까 했지만 내가 오믈렛 접시를 집어 들자 순은 오므라이스 접시를 들고 성큼성큼 거실을 가로질렀다.

"정장 입었네. 올해부터 취업 준비하나?"

창밖으로 이웃집 히토시가 나가는 모습이 보였다. 테이블에 그릇을 내려놓자,

"뭐가 오므라이스야?"

아버지는 양쪽을 번갈아 보았다. 아버지는 스푼을 들고 오므라이스를 입에 넣었다. 몇 입 먹는 걸 보다가, 순이 갑작스레 말을 꺼냈다.

"다 먹으면 역까지 데려다줘요."

"뭐 사려고?"

우물거리던 아버지의 입이 딱 멎었다.

나는 쥐고 있던 스푼을 슌에게 건네며 물었다.

"집에 가려고?"

"내일은 아침 근무니까 가야지. 아빠 할 일 없죠? 히라쓰카 말고 후지사와역까지 바래다줘요."

슌은 낭랑하게 말한 뒤에 오믈렛을 스푼으로 떠서 입에 넣었다. 먹기 좋게 반숙으로 익은 오믈렛에 입안에서 침이 분비되는 걸 슌이 느끼고, 나는 집에 가면 뜨거운 물에 몸을 담가야겠다고 생각했다.

§

가나메가와강을 따라 난 62호선 지방도로는 인도가 없어서 차 없이는 지나지 않는 도로였다. 이곳을 걸어간 건 볕에 타는 걸 두려워하지 않았던 초등학생 때가 마지막이다. 갓길에 무성하게 자란 여름풀들에서 풍기는 훗훗한 열기에 숨이 막혔던 무더운 계절의 기억밖에 없지만, 겨울인

지금도 야생풀들은 꿋꿋하게 자라 있었다.

평일에도 지방도로는 조금 막혔지만, 신쇼난 우회도로 부터는 한산했다. 독립한 지 5년쯤 지나고도 종종 본가에 오고는 했지만, 아버지가 운전하는 세레나 조수석에 앉는 건 오랜만이었다. 특별할 것 없는 바닷가 풍경이 신선하게 비쳤다.

아직 난방이 충분히 돌지 않은 차내가 추워서, 나는 오른손을 주머니에 넣었고 안은 그리운 풍경의 공기를 마시고 싶어서 조수석 창문을 살짝 내렸다.

"후지사와역이 아니라 집까지 바래다줄까?"

아버지의 제안에 나와 안은 조금 당황했다. 후지사와 역까지는 자전거를 타고 나왔지만, 집까지 바래다준다면 당연히 거절할 이유는 없었다. 자전거는 내일 아침 출근 전에 역에 들러서 가져오면 된다.

"잠깐만."

안은 휴대전화 앱으로 내일 일기예보를 확인했다.

내일은 쾌청 최고기온 10도 최저기온 0도

"그럼 집까지 부탁해요."

내가 대답하자 안은 앱을 껐다.

후지사와역을 지나 그대로 야나기 거리를 직진하자 뒤에서 햇살이 비쳤다. 우체국을 지났을 즈음 아버지는 조금 몸을 기울여 운전대에 체중을 실었다. 무라오카 터널을 지나 빛이 쏟아지자, 눈을 가늘게 뜨며 속도를 줄였다.

"어디서 꺾어야 하지? 저 육교 지나서였나?"

아버지가 가리킨 육교에는 '춘계 지방 공연 후지사와 스모 경기장'이라고 적힌 현수막이 걸려 있었다.

"아직이에요. 이 앞의 고가도로를 지나서 조금 더 가면 돼요."

"아, '노엘'에서 내려달라고 할까. 내일 먹을 샌드위치 사갖고 가게."

"집에 아직 소금빵 있잖아. 오늘 아침에 두 개 남은 거 봤어."

"그랬지."

그런 대화를 나누는 동안 '노엘'을 지나 고가도로 부근으로 접어들었다.

"고가도로를 지나서 첫 번째 골목이에요."

"여긴가?"

"아니에요. 오른쪽이 아니라 왼쪽 골목이요."

"통학로니까 조심하세요."

속도를 낮춰서 서행으로 진입한 통학로에 아이들은 없었지만, 제2공원에는 몇몇 가족들이 나와 있었다.

"분명히 이 근처였던 것 같은데."

아버지는 앞 유리창 너머로 지나가는 맨션들을 두리번거렸다.

"아, 여기네."

아버지는 기쁜 듯이 오른손으로 맨션을 가리키며 주차장으로 들어갔다. 입구 앞 공간에 차를 세우고는 "회사에서 전화 왔네" 하고 운전석 문 수납공간에서 휴대전화를 꺼냈다.

"거기면 가깝지. 지금 딸 바래다주러 후지사와에 왔거든. 가지러 갈게. 영업소에 가져가는 건 내일이 되겠지만."

모처럼 쉬는 날인데 자진해 일을 만드는 아버지의 이야기를 들으며 조수석에서 내리자 안이 문을 힘껏 닫았다.

"이해득실을 안 따지는 사람이라니까."

손을 흔들고 나서 안은 그렇게 말하며 맨션으로 들어갔다. 현관에서 우편물을 살피는데 경적 소리가 들렸다. 돌아보니 아버지의 차가 주차장을 나서고 있었다.

한 손에 우편물을 들고 집으로 들어가 곧바로 냉장고를 열었다. 소금빵이 두 개 있었다. 이제 나갈 일이 없겠다 싶어서 코트를 옷걸이에 걸었다.

"몇 년 만일까. 오랜만에 큰아버지 생각을 했네."

소파에 앉으려고 하는데 안이 말했다.

"지금 목욕해야겠다."

하지만 몸은 멈추지 않고 소파에 털썩 앉았다. 고개를 젖혀 소파 등받이에 대고 천장을 올려다보았다.

"마지막으로 만난 게 고등학생 때였나?"

"아니, 대학 때 한 번 문병을 갔을 거야."

안이 일어나려고 해서 나도 마지못해 엉덩이를 들었다. 욕실 앞에서 니트를 벗어 세탁 바구니에 넣고 있는데,

"아까 하던 얘기 말인데."

안이 그렇게 중얼거리자 뇌리에 큰아버지가 떠올랐다.

욕실로 들어가 차가운 바닥과 벽에 샤워기로 뜨거운 물을 부었다.

"큰아버지는 아빠를 품고 있을 때 힘들었을까. 아니면 아빠를 낳고 텅 빈 뒤가 더 힘들었을까."

그런 생각이 들자 흐릿하게나마 떠오른 큰아버지의 얼굴은 역시 빈궁했다. 튼튼한 턱을 가진 아버지의 얼굴과는 하나도 닮지 않았다.

"다음에 물어보든지."

머리에 물을 붓자 큰아버지의 얼굴은 점점 옅어졌다. 일반적인 사람보다 인상이 흐릿해서 어쩔 수가 없었다. 이동하다 컨디션이 나빠질 수도 있어서 명절에도 전화 통화만 하는 사람이라, 만나는 횟수 자체가 적었다. 그렇지만 5년에 한 번꼴로 오사카의 대학병원에 입원하는 큰아버지의 문병을 어머니와 같이 간 적이 있다.

아버지가 같이 못 올 때에는 "왓쨩은 요즘 어떻게 지내?" 하고 가쓰히코 큰아버지는 아버지의 근황을 무척 궁금해했다. 그리고 어머니에게 별다를 것 없는 아버지의 신변잡기 이야기를 듣고서, 큰아버지는 어딘가 멀리 있는 아버지를 생각하는 눈빛을 짓더니 말수가 없어지고는 했다. 미와 큰어머니는 더욱더 과묵한 사람이라 외동딸인 아야카가 다 클 때까지 이어지지 않고 끊기는 대화에 어머니와 함께 난처해했던 기억이 난다.

아버지가 문병을 오면 큰아버지는 딴사람처럼 말이 많아졌다. 아버지도 도착하자마자 평소 식구들 앞에서는 하지 않던 불평불만을 내비쳤다. 영업용 차량의 시트가 딱딱해서 허리가 아프다, 에어컨이 별로 시원하지 않다, 환자인 큰아버지 앞에서 그런 이야기를 하며 투덜거리는 것이다. 큰아버지도 큰아버지였는데, 아버지가 오면 생기를 되찾은 듯, 부황이 요통에 좋다고 하더라, 채소를 생으로 먹으면 여름에도 몸이 시원하더라, 하고 아버지를 달랬다.

샤워를 해서 몸이 따뜻해졌지만 집중력은 여전했다. 안이 큰아버지 생각에 몰두한 것이다.

한마디로,

아버지가 큰아버지 몸속에 있을 때, 아버지는 자기 몸

속으로 들어온 큰아버지의 동맥과 정맥을 통해 직접 산소와 영양분을 공급받았다. 큰아버지에게 아버지는 틀림없이 하나의 내장이었고, 아버지에게 큰아버지는 세상 그 자체였다. 그 감각이 분명 언제까지고 이어지고 있는지도 모른다. 병중에도 아버지를 걱정하는 큰아버지의 기질도, 무슨일이 일어나건 주변 사람들이 도와줄 것이라 믿는 아버지의 기질도 분명 여기서 비롯된 것이다.

출생신고서의 태어난 시각에 오전, 오후 몇 시 몇 분까지만 기입하게 되어 있는 건, 쌍둥이조차 출생 시각이 초 단위까지 같지는 않기 때문이다. 완벽히 같은 시간에 태어난 큰아버지와 아버지가 평범한 쌍둥이 이상 텔레파시 같은 감응력으로 연결되어 있는지는 알 수 없었지만, 열 달이 지나면 분리되는 평범한 쌍둥이 이상으로 두 사람의 유대가 굳건한 건 분명했다. 오장육부적인 관계로 태어난 두 사람, 그 특수한 출생은 그 후의 인생에도 영향을 미쳤다. 실제로 큰아버지의 몸에서 꺼내진 아버지는 처음으로 혼자 분유를 먹는 단계에서 몇 차례 목으로 넘기고 나서, 슈욱, 하고 한겨울 스키장 눈 위에 남은 스키 자국처럼 분유를 뿜었다고 한다. 몇 번을 먹여도 하얀 분수를 허공에 뿜어내 의사의 얼굴에 분유를 끼얹었었단다. 원인은 나면서부터 아버지의 식도가 위장과 연결되지 않았기 때문이다. 한마디로 아버지는 처음부터 자기 위장을 쓸 생각이 없었고, 평생 큰아버지 속에서 키워져 살아가도록 설계되어 있던 것이다. 큰아버지도 아버지와 분리되고 나서 간과 오른쪽 신장이 나빠졌다고 하니, 수술에 의해 분리된 건 두 사람이 바라던 바가 아니었을지도 모른다. 어느 쪽이든, 큰아버지에게서 분리된 아버지는 자기 위장으로 음식을 소화해서 살아가지 않으면 안 되게 되었다. 곧바로 식도와 위를 연결하는 수술을 받아 아버지의 유일한 병이었던 '선천성 식도폐쇄증'은 완치되었다. 그 이후로 아버지는 병을 앓거나 다친 적이 없다. 이대로는 어른이 되지 못할 거라는 선고를 받고, 평생 몇 번이나 수술을 받으며 간신히 50대까지 버텨온 큰아버지를 생각하면, 아버지와 큰아버지는 분리된 뒤에도 태생적인 관계성이 이어지는 것처럼 보인다. 투명한 일방통행의 통로가 지금도 이어져 있어서, 아버지는 병이나 부상 같은 걸 큰아버지에게 떠넘기고 있는지도 모른다.

안은 이런 생각을 하고 있었고, 나는 뿌예진 거울에 비누칠을 한 뒤 물로 닦아냈다. 물때를 씻어낸 거울이 욕실과 좌우 비대칭의 얼굴을 비췄지만 초점의 위치를 안은 보고 있지 않았다. 생각에 잠긴 안을 내버려두고 나는 머리에 샴푸를 묻혀 거품을 내기 시작했다.

거울에 비친 건 하나의 몸을 가진 인간이었다. 몸은 하나지만 한 사람은 아니다. 무슨 영문인지 이상한 몸으로 태어난 운명을 생각하니 무거운 한숨이 흘러나왔다. 쌍둥이 자매지만 큰아버지와 아버지 이상으로 모든 것이 붙어서 태어났고, 지금도 붙어 있는 결합쌍둥이라 안이 큰아버지와 아버지를 생각하고 마는 건 어쩔 수 없었다. 적어도 주변에 이렇게 붙어 있는 사람은 없으니, 일찍이 굳건하게 연결되어 있던 두 사람의 심경이 안은 신경 쓰이는 것이다.

나는 거울에 비친 이상한 몸을 씻었다. 오른쪽 어깨는 굽어 있고, 왼쪽 어깨는 솟아 있다. 일반 사람보다 골격이 크고 두툼한 몸에는 두 사람이 들어 있다. 경락은커녕 성형수술로도 손쓸 수 없을 정도로 측면이 튀어나온 머리에 거품을 냈다.

몸과 머리를 씻고 나서도 안은 계속해서 생각에 잠겨 있었다. 오늘은 내가 몸을 씻고 머리를 말리는 수밖에 없겠다고 단념하는데, 안이 손을 뻗어 욕조 수전을 돌렸다. 욕조에 온수가 쏟아지는 걸 보고 나 역시 긴장이 풀리는 걸 느꼈다. 수면이 조금씩 상승하는 것을 둘이서 바라보고 있으니 물에 빠지는 듯한 기분이 들었다.

§

어머니는 임신 중일 때부터 의사에게 유산할 수도 있다는 이야기를 들었다고 한다. 나중에 안 사실이지만, 만일 남아였다면 분명 사산했을 거라고 한다. 출산을 무사히 마쳤을 때도 치명적인 질환은 발견되지 않았지만, 오래 살지는 못할 테니 있는 동안 마음껏 사랑해주라는 소리를 들었다고.

욕조에 물이 반 넘게 찬 걸 보고 수도를 잠갔다. 몸을 담그자 명치 언저리까지 물이 올라왔다. 물을 떠서 거울에 끼얹었다. 거울 속에 있는 건 역시 하나의 몸을 가진 인간이었다. 세상에 존재하는 다른 결합쌍둥이들과 우리는 조금 다르다. 애비와 브리트니 자매는 몸은 전부 붙어 있지만, 목과 머리는 두 개다. 베트와 도끄 형제는 허리가 붙어 있지만 각자 상반신은 분리되어 있다.

우리는 모든 것이 붙어 있었다. 얼굴도, 각자 다른 얼굴 반쪽이 중심선으로부터 조금씩 어긋나 있다. 결합쌍둥이라고 해도, 머리, 가슴, 배까지 모든 것이 딱 붙어서 태어났기에 겉으로 보기에는 한 사람으로 보인다. 지금도 처음 만나는 사람은 우리 얼굴을 보고 기다란 왼쪽 얼굴과 둥그런 오른쪽 얼굴이 서로 붙어 있다고는 생각하지 않는다. 결합쌍둥이가 아니라 특이한 외모를 가진 '장애인'이라 생각한다.

태어났을 때도 그랬다고 한다. 우리를 받은 의사와 조산사, 그리고 부모님조차도 한동안 우리의 출생을 한 인간의 탄생이라 여기고 축하했다. 하지만 누가 봐도 기이한 겉모습이었기에 의사는 곧바로 유전자와 염색체 검사를 했다. 몸 어느 부분의 염색체 수는 절반뿐이었고, 다른 부분에서는 두 배 이상의 염색체가 검출되었다. 내장도 이상했다. 좌뇌와 우뇌 사이에 작은 뇌가 있었고, 장은 도메이 고속도로처럼 도중에 갈라져, 직장 언저리에서 다시 합류했다. 췌장은 두 개가 포개져 있었고, 정상보다 극단적으로 큰 자궁 내부는 분리막 같은 육벽으로 나뉘어 있었다. 그런 기이한 내장이 남들보다 배는 두툼한 몸과 두개골을 채우고 있었다. 좌우 팔이 움직일 수 있는 범위도 태어날 때부터 달랐고, 지금은 길이와 두께까지 달랐다.

하지만 선천성 장애라는 결론을 내리기에는 납득할 수 없는 점이 많았다고 한다. 유전자나 발생의 이상이라기보다는, 오히려 예측하지 못한 사태에 몸이 대응한 결과 이 형태로 변화한 것처럼 보여서, 의사는 시간을 들여 경과를 관찰하기로 했다.

의사는 가족들에게 앞으로 갓난아이의 몸에 갖가지 이상이 발생할 것이고, 오래는 살지 못할 것이라는 엄중한 선고를 내렸다. 하지만 부모님과 외할머니의 보살핌으로, 평범한 아이를 돌보는 정도의 품은 들었지만 건강하게 자랐다. 성장과 발달이 늦지도 않았고, 지능이나 신체적 이상도 나타나지 않았다. 대신 나타난 건 설명할 수 없는 위화감이었다. 아버지는 말을 하기 조금 전부터, 어머니는 말을 하기 시작하고 나서 뭔가 걸리는 게 있었다.

　냄비 끓는 소리에 섞인 발소리, 돌아보면 뒤뚱뒤뚱 걷는 아이. 어머니는 정신을 차리고 다시 식칼을 잡지만, 역시 마음에 걸리는 게 있어 채소를 썰다 동작을 멈췄다. 아버지에게 말하자, 안고 있을 때 딸의 울음소리에 무심코 숨을 삼키지만, 자신이 딸의 무엇에 겁을 먹었는지 모르겠다고 했다. 떨어뜨리지 않도록 꼭 안으면서도 등줄기에 소름이 돋았다. 애초에 아버지가 이상하게 여길 때 어머니는 아무렇지도 않았다. 그 반대의 경우도 있지만 두 사람이 동시에 공감한 적은 없었다고 한다.

　오랫동안 경과를 관찰한 끝에 의사의 예측과 부모의 직감이 서서히 가까워졌고, 다섯 살 되던 가을에 교차했다. 모든 것이 절반씩 결합한 쌍둥이라면 장기가 두 개 있거나, 자궁이 정상의 두 배 크기이거나, 얼굴이나 몸이 좌우 비대칭으로 이상해도 모순되지 않는다. 그걸 깨닫고 나서 장애를 가졌다고 생각한 몸의 좌반신을 머리에서 발끝까지 쭉 훑어봤더니 아무 이상도 없는 몸이었고, 우반신도 그러했다. 부합하지 않는 건 손톱 모양 정도였다. 정밀 검사 끝에 결합쌍둥이라는 사실이 확실해지자, 부모는 구청을 찾아갔다. 창구에서 담당 공무원은 난처한 기색을 보이며 오다와라의 가정법원으로 보냈다.

부모를 따라 가정법원에 갔던 일은 또렷하게 기억하고 있다. 마술사 같은 법복을 입은 중년 남성 판사와 면회를 했다. 그는 의사가 발급한 서류를 한동안 바라보더니, 유치원생인 우리에게 시선을 고정하고 한참이나 눈을 떼지 않았다. 일어나서 뚫어져라 바라보고는, 이어 멀찍이 떨어져 주변을 돌더니 한 손에 서류를 들고 부모님에게 질문을 던졌다.

판사가 눈앞으로 다가와 허리를 굽히자 의사의 견해가 적힌 서류가 보였다. 그곳에는 몸의 일부가 붙은 결합쌍둥이들이 여럿 그려져 있었다. 머리가 붙은 쌍둥이, 가슴이 붙은 쌍둥이, 허리가 붙은 쌍둥이. 사진도 한 장 있었다. 그것은 허리가 붙은 쌍둥이였는데 지금 생각해보면 베트와 도끄 형제였다.

몸의 일부가 붙은 쌍둥이 다음으로는 하나의 몸을 가

진 인간이 그려져 있었다. 하지만 한가운데에 자를 대고 그은 듯 반으로 나뉘어 있었는데, 오른쪽에는 슌, 왼쪽에는 안이라고 이름이 적혀 있었다. 한 몸이지만 한 사람이 아니다. 그런 우리의 그림을 판사는 뚫어져라 보더니, 시선을 돌려 실물을 보았다.

그는 순서대로 이름을 불렀다. 하마기시 안, 하고 부르자 나는 왼손을 들었고, 하마기시 슌, 하고 부르자 슌이 오른손을 들어 활기차게 대답했다. 오른쪽 몸과 왼쪽 몸을 번갈아 관찰한 끝에 판사는 나와 슌, 그 어느 쪽도 아닌 곳, 즉 경계를 발견했다. 얼굴과 몸 한가운데는 피부색이 살짝 달랐다. 목덜미나 가슴은 두 가지 빛깔이 애매하게 섞여 있었지만, 하복부는 왼쪽 몸의 색이 더 짙은 부분이나, 오른쪽 몸의 색이 더 짙은 부분이 있었고, 등에서는 두 몸이 엉겨 붙은 듯 봉합선, 혹은 경계선 같은 것을 또렷하게 확인할 수 있었다. 둘이서 티셔츠를 올려서 배의 경계선을 보이자, 판사는 나지막한 신음을 흘리더니 힐끗 부모를 쏘아보며 "만져봐도 되겠습니까?" 하고 엄숙한 목소리로 물었다. 얌전히 있으라는 어머니의 당부에, 판사가 굵은 손가락으로 배를 만지는 동안 나는 간지러운 걸 참느라 죽는 줄 알았다. 하지만 끝내 숨이 몸을 흔들기 시작했고, 거기서부터 둘이서 키득거리며 웃음을 터뜨렸다. 조용한 실내에 우리의 웃음소리가 섞여 불협화음처럼 울려 퍼졌다. 판사는 어안이 벙벙한 표정을 짓더니, 책상 앞으로 돌아가 서류를 작성하기 시작했다. 이미 그즈음에 숨은 참지 못하고 소리를 지르며 뛰어다니기 시작했고, 그 뒤를 쫓는 부모님을 피해 나도 함께 달아났다. 아버지에게 붙잡히고서도 우리는 소란을 피웠고, 그 모습을 꼼꼼하게 지켜보던 판사와 눈이 맞았다. 뭔가 후련한 표정이었다.

판사가 발행한 서류를 가져가자 구청에서는 출생신고서를 수리해줬다. 5년 전에 제출한 것과 시간과 장소뿐 아니라 키와 몸무게까지 완전히 똑같았다. 성명란의 하마기시 안이라는 글자를 숨으로 바꾸기만 한 서류를 구청에 제출했다.

부모님은 우리가 하나가 아니라 둘이라고 인정받은 것에 안도했다. 돌아오는 차 안에서 출산 육아 일시금을 또 한 명분 신청해야 한다는 얘기, 세금 공제액이 늘어나는 건 좋지만 수영 교실 레슨비는 두 명분을 내야 하느냐는 고민 등, 생활에 미칠 갖가지 영향을 어머니는 끊임없이 아버지에게 이야기했다. 우리도 기분이 좋았다. 우리를 본 어른들의 얼굴이 예외 없이 새파랗게 질리는 이유를 알게 되어 다행이라며, 뒷좌석에서 몸을 흔들며 유치원 발표회에서 쓰는 노래를 불렀다.

최근에서야 이름을 갖게 된 동생과 차창 너머로 세이쇼 우회도로를 따라 펼쳐진 바다를 보았다. 바다에 와본 적은 있었지만, 파도가 치는 해안가에서 고작 몇 미터 떨어진 곳을 차로 달리는 경험은 처음이었다.

나는 새의 눈으로 보는 듯한 그날의 바다 풍경을 떠올리고 있으려니 숨이 차올라서, 욕조에서 일어나 욕실 창문을 활짝 열고 열기를 내보냈다. 대신 밤공기가 들어왔다. 습하고 서늘한, 젖은 풀 냄새가 났다. 이슬비가 내리는 모양이다. 멀리서 천둥소리가 들렸다.

코를 킁킁거리며 편안하게 밤공기를 맡고 있는데, 한층 더 우르릉 울리는 천둥소리에 슌은 공포를 느꼈다. 등

줄기에 오한이 들어서 슌은 다시 물에 몸을 담그고 싶었지만, 나는 달뜬 몸으로 조금 더 기분 좋은 밤공기를 쐬고 싶었다.

불현듯 뭔가가 떨어지는 느낌이 들었다. 시선을 떨구자 욕조가 새빨갛게 물들어 있었다. 물도 선연한 핏빛이었고, 무엇보다 거울에 비친 몸이 피투성이였다.

"엇."

손으로 배에 묻은 피를 닦아내려 하자 손에도 잔뜩 피가 묻었다. 혼란에 빠진 나는 샤워기를 집었다. 머리에 물을 뒤집어쓰며 슌은 거친 숨을 간신히 가라앉혔다. 뜨거운지 미지근한지 알 수 없는 물을 맞는 동안 호흡이 안정되자 샤워기를 머리에서 뗐다. 슌이 눈꺼풀에 맺힌 물방울을 털어내고 눈을 떴다.

욕조를 채운 물은 여전히 투명했다. 몸에도 피는 묻어 있지 않았다. 손에도, 그 손으로 잡은 샤워기에도 피는 묻어 있지 않았다. 주변을 둘러봐도 피는 한 방울도 찾을 수 없었다. 가슴과 배, 그 어디에도 상처는 없었고 뒤돌아 거울에 비친 등을 보았지만 멀쩡했다. 머리카락을 헤집었지만 손에 피는 묻어나지 않았다. 머릿속은 혼란스러웠지만 긴장은 풀려서 욕조에 털썩 주저앉았다.

"무슨 이상한 상상 했어?"

"나?"

"아무것도 아냐."

순이 한 강렬한 망상이 현실과 뒤섞여 보인 환상은 아닌 것 같았다. 허리를 구부리고 물에 사타구니까지 담갔을 즈음, 퐁. 몸에서 뭔가 덩어리가 떨어져 나왔다. 고개를 숙이자 몇 센티미터쯤 되는 검붉은 덩어리가 욕조 속으로 살랑살랑 가라앉았다. 피어오르는 듯한 윤곽 때문에 물속에서 타오르는 것처럼 보였다.

"생리……?"

슬슬 생리를 할 시기이기는 했다. 그 피투성이의 몸과 핏빛으로 물든 욕조는 생리를 시작할 때가 되어 본 환각이었던 걸까. 아니, 그건 생리를 할 때 느끼는 묵직한 통증과는 달리, 아득하지만 날카로운 아픔이었다. 아득히 먼 곳에서 무언가가 갈기갈기 찢기는 듯한. 온몸에 뒤집어쓴 피도 끈적거리지 않는 선혈이었다.

순은 의아한 기분으로 일어나 오른쪽 엄지발가락에 체인을 걸고 욕조 마개를 뽑았다. 소용돌이치며 빠져나가는 물을 바라보았다. 욕조에서 물이 빠져나가자 수면이 내려갔다. 물속에는 핏덩어리 몇 개가 가라앉아 있었다. 간처럼 검붉은 덩어리의 윤곽에서 붉은빛이 피어올랐다.

욕조에서 나와 냉온 레버를 끝까지 비틀었다. 샤워기에서 쏟아지는 뜨거운 물로 벽면에 묻은 피를 씻어냈다. 마지막에는 배수구에 샤워기를 대고 붙어 있던 핏덩어리를 흘려보냈다.

훈훈한 수증기가 가득 찬 욕실과 달리 세면실은 시리도록 추웠다. 맨투맨을 입은 뒤 드라이어를 들고 난방을 틀어놓은 방으로 갔다. 소파에 앉아 내일 아침 근무표를 보았다. 드라이어로 정수리를 말리고 있으니 손끝에 순의 구불구불한 가마의 감촉이 느껴졌다. 순의 머리카락은 살짝 곱슬기가 돌아서 가마 자리도 독특했다. 그 바로 옆에 자리한 내 가마는 두드러지지도 않고 직모라서 만져만 봐서는 알 수 없었다.

머리카락이 마르자 순은 드라이어를 바닥에 내려놓고

네일팁 스탠드를 꺼냈다. 취미와 경제적 이익을 겸해 시작한 네일팁 인터넷 판매. 사이즈가 맞지 않을 경우에도 반품은 받지 않는 대신 저렴한 가격으로 판매했다. 내일 아침에 발송 예정인, 마감이 급박한 네일팁 작업을 마무리해야 했다. 이미 다섯 개 중에 세 개는 색을 칠했으니, 오늘 밤 안에 나머지 두 개를 완성하면 된다. 배에서 꾸르륵 소리가 나서 뭔가 먹고 싶었지만 순은 무시하고 펜을 들었다.

투명한 네일팁이 벚꽃 빛깔로 물들었다. 나는 네일팁 받침대를 고정하며 가만히 공복감에 의식을 집중해, 몰래 순 쪽으로 밀어냈다. 그러자 서서히 배고픔이 가라앉았다.

이것은 종종 써먹는 기술이었는데 중학생 시절 우연찮게 터득한 것이다. 열네 살 봄에 극심한 생리통으로 기절한 적이 있다. 출혈량이 어마어마해서 피투성이가 되어 구급차에 실려 갔다. 주치의의 말로는 자궁이 일반적인 크기의 두 배 정도라 벗겨져 나가는 자궁내막도 그만큼 많은 게 원인이라고 했다. 그때부터 처방약을 먹기 시작했지만 여전히 아팠다. 그에 더해, 이런 몸과 겉모습을 동급생들이 가장 심하게 놀렸던 시기이기도 했다. 순과 달리 나는 반항했지만, 어쩔 수 없는 때에는, 슌이 괴롭힘을 당한다거나 슌이 생리통 때문에 아프다는 식으로 모두 그 아이에게 떠넘겼다. 때때로 잘 먹힐 때가 있었는데, 그럴 때는 일시적으로 한가운데가 사라지고 괴로움과 아픔은 윤곽만 남았다.

네일팁을 하나 완성했을 때 휴대전화가 반짝반짝 빛났다. 화면에 '엄마'라고 표시된 걸 보고 슌은 들었던 펜을 놓고 스피커폰으로 바꿨다.

"왜 먼저 갔어?"

슌은 다시 네일팁 작업에 집중했고 나는 헛기침을 하며 대답했다.

"네일 작업도 끝내야 하고, 내일은 일찍 출근해야 해서."

"전골용 소고기 가져왔는데."

"그럼 냉동해서 보내줘요. 아니면 내일 퇴근 후에 가지러 가든지."

그러자 어머니는 갑자기 입을 다물었다. 한동안 침묵이 이어졌다.

"왜? 내일 무슨 볼일 있어요?"

순의 천성적인 직감으로 말이 툭 튀어나왔다.

"있잖아. 방금 전에 전화가 왔어. 가쓰히코 큰아버지가 돌아가셨대."

한 번 숨을 내쉬자 심장이 세 번 연속으로 쿵쾅거렸다. 온몸이 와들와들 경련을 일으키더니 척추가 부르르 떨렸다.

"내일 밤샘을 하고 장례식은 모레야. 내일 몇 시에 끝나니? 아빠는 일을 쉴 수 있을지 아직 모르겠대. 엄마는 모레 아침에 갈 건데 넌 연차 낼 수 있을 것 같아?"

"타…… 타……."

혀가 입술 사이에서 연신 튕겨 나왔다. 명치가 제멋대로 쪼그라들더니 부글부글 거품처럼 위액이 섞인 트림이 올라왔다. 멀리서 부르는 소리가 귓가에 울려 퍼졌다. 순이 뭐라고 외치는 줄 알았는데 아니었다. 내 목소리도 아니다.

순과 어머니의 대화 소리 안쪽에서 베란다 실외기가 웅웅거리며 울리고 있었다. 메아리처럼 커졌다가 다시 작아지는 회전음에 맞춰 목소리도 분명 떨리고 있었다. 나에게 말을 거는 건 누군가.

그러다 정신을 차려보니 아침이었다. 기억이 없다는
건 오랜만에 슌보다 일찍 잠들었다는 것이겠지.

2

업무 시작 시간 30분 전이기도 해서 공장 뒤편 주차장에는 아직 차가 한 대도 없다. 입구에서 받은 열쇠로 뒷문을 열고 출근 카드를 찍었다. 어스름한 복도를 지나 탈의실로 들어가 불을 켰다. 올인원 형태의 작업복으로 갈아입고 있는데 말소리와 발소리가 들렸다. 사물함 문에 붙은 작은 거울로 앞머리를 정리하고 있는데 힘차게 문이 열렸다.

"좋은 아침."

오전반인 다니구치 씨와 시마다 씨가 들어왔다. 자식들이 지방 기업에 취직하고 나서 아르바이트를 시작한 두 사람은 늘 같은 버스를 타고 출근했다.

"아르바이트도 유급휴가 낼 수 있대."

"그게 되겠어?"

두 사람은 내 양옆의 사물함으로 가더니 나를 가운데 두고 이야기를 이어갔다.

"인터넷에서는 된다고 하던데."

"여긴 그렇게 안 해줄 것 같은데."

이른 아침부터 수다스러운 목소리에 휩싸였다. 평소 같았으면 금방 짜증을 냈을 안은 정신이 나가 있어서 반응이 없었다.

어젯밤, 큰아버지의 부고를 듣자마자 안은 당황한 나머지 육성으로도, 머릿속으로도 엄청난 기세로 이야기하기 시작했다. 완성해야 할 네일팁도 내버려둔 채 몇 시간 동안 쉬지 않고 이야기를 이어가는 안을 수면제를 먹여 억지로 재웠다. 오전 근무와 오후 근무일 경우 수면 시간을 조절하려고 한 달에 한두 번 먹는 약한 수면제였는데, 약효가 너무 잘 들었는지 오늘 아침 일어나서도 계속 넋이 나간 사람 같았다.

"지난번에도 느꼈는데 하마기시 씨는 가끔 간사이 사

투리 쓰죠?"

"맞아, 나도 들었어."

양쪽에서 시선을 느끼고 나는 살짝 고개를 까닥하며
대답했다.

"부모님이 교토 출신이시거든요."

"그렇구나. 간사이 사투리 쓸 때는 늘 목소리가 낮아지
더라."

"간사이 사투리가 아닐 때에도 그래. 좀 놀랐어, 화난
건가 싶어서."

"정말요?"

대학을 졸업하고 나서 만난 사람에게는 딱히 설명하지
않았다. 안이 처음 만난 사람에게 저는 하마기시 안이라고
소개하면 나는 입을 다물고, 내가 하마기시 슌이라고 소개
하면 안은 입을 다문다. 잘 알지도 못하는 사이에 우리 사
정을 설명하면 비참해질 뿐이다. 이 직장에는 하마기시 슌
이 취직했으니 안은 없는 사람이다. 중얼중얼 혼잣말이 많
고 생김새가 특이한 스물아홉 살의 한 인간이다.

"뭔가 분위기가 확 달라질 때가 있거든."

"뭔지 알겠어. 아마 하마기시 씨는 가족이나 남자 친구에게는 태도가 확 바뀌는 무서운 타입이지?"

남자 친구는 한 번도 사귄 적이 없다. 하지만 대학생 때 딱 한 번 키스를 한 적은 있다. 내가 관심이 갔을 뿐 안은 전혀 좋아하지 않는 사람이었다. 술자리가 끝나고 돌아가는 길에 취한 기세를 몰아 했던 키스는 나에겐 행복한 기억이 되었지만 안에게는 트라우마로 남았다. 얼마 후에 두 기억은 뒤섞였고 지금은 떠올리면 마블링 형태의 감정이 나타난다. 지금까지 둘이 같은 사람을 좋아하게 된 적은 단 한 번도 없었다. 질을 공유하고 있기 때문에 행위를 하면 둘 중 한 명은 강간을 당하는 셈이니 성관계는 영원히 불가능하다. 아이를 낳을 수 없는 몸이라는 것을 알고 나서는 관심도 사라졌다.

갑자기 왼쪽 어깨에 뭔가가 와서 부딪쳤다.

"아, 미안해."

왼쪽 사물함 앞에 있는 다니구치 씨가 사과했다.

"자기는 잘 부딪치더라. 일부러 그러는 거지?"

오른쪽 사물함 앞에 있는 시마다 씨가 기분 좋게 웃으

며 말한다.

"그런 거 아냐. 평소에는 괜찮은데 하마기시 씨하고 이야기하다 보면 왠지 이상한 느낌이 들어."

그러자 오른쪽에 있던 시마다 씨가 나를 똑바로 쳐다봤다.

"뇌졸중 같은 걸로 반신마비가 되면 존재감이 옅어진다는데."

"저는 양손 양발 다 움직이거든요."

나는 짐짓 두 손을 꼭 쥐었다 펴기를 반복했다.

"그럼 다행이고. 하하하. 하지만 요새는 젊은 사람들도 갑자기 뇌졸중으로 반신마비가 되고는 한대."

시마다 씨는 활짝 웃으며 작업복 지퍼를 올리더니 종종걸음으로 탈의실을 나갔다.

"아, 시간 다 됐네. 먼저 갈게."

뒤따라 복도로 나가자 안쪽의 패스박스로 시마다 씨가 들어가는 게 보였다. 머리에는 하얀 후드, 얼굴에는 커다란 고글을 쓰고 패스박스 앞에서 기다렸다. 램프가 빨간색에서 녹색으로 바뀌자 문을 열고 안으로 들어갔다. 바로 옆에서 에어샤워가 나오자 두 손을 들고 10초 정도 한 바퀴 돌았다. 바람이 멈추고 잠금장치가 해제되는 소리가 나면 맞은편 문으로 나와 작업장으로 향한다. 줄을 따라 서면 공장 벨 소리가 울리고 발효해 만들어진 빵이 한 줄로 라인을 타고 들어온다.

모양이 별로인 빵을 집어서 다듬은 뒤 다시 돌려놓는다. 손재주가 좋아서 평판은 좋은 편이었다. 두 사람이 한 몸을 쓰니까 다른 사람보다 부지런한 것은 당연했다. 좌우 눈도 따로 움직일 수 있으니 시야도 주의력도 두 배였다.

하지만 오늘은 영 별로였다. 수면제로 억지로 재워서인지, 안의 의식은 지금도 침체되어 있다. 오늘은 혼자 일하는 것이나 마찬가지다. 왼쪽 어깨에는 아까 부딪힌 여운이 남아 있었다.

고등학교 시절에 어깨가 부딪히는 일이 많아졌다. 고등학교 선생님들은 하마기시 안과 하마기시 순이 교실은 물론 자리도 같은 곳이어야 한다는 것을 알고 있었지만, 1학년에서 2학년으로 올라갈 때 사물함은 떨어져 있어도 상관없다는 사실을 알았다. 어깨가 떡 벌어진 수영부 여학생이 오른쪽 사물함을 쓰게 되어서 1년 동안 자주 어깨를 부딪히고는 했다.

사물함을 따로 쓰게 되었을 즈음부터 대우도 형편없어져서, 졸업식에서도 중학교 졸업장은 두 장을 겹쳐서 받았는데, 고등학교에서는 안이 증서를 받고 나서, 같은 성씨인 하마기시 이즈미가 단상에 오르는 동안 한 바퀴 돌아서 다시 단상에 오르게 되었다. 우리를 잘 모르는 시장은 교장에게 뭐라고 귓속말을 했다. 왜 저 아이만 두 번이나 받느냐고 물어봤겠지. 한두 마디 대꾸하자 시장이 고개를 끄덕이는 걸 보니, 중학생 때 우리를 아수라 남작이라고 놀렸던 체육 선생님처럼 설명하기 편한 캐릭터에 끼워 맞춰 설명했을지도 모른다.

우리들의 특수한 상황에 대한 사람들의 반감을 느낀 것은 초등학교 고학년 들어서부터였다.

오른쪽 어깨를 일부러 치고서는,

"안, 미안해."

왼쪽 어깨를 치고서는,

"슌, 미안해."

남학생들 사이에서 반대 이름으로 부르는 게 유행하던 시기가 있었다. 그럴 때, 안은 가차 없이 아이들을 밀쳐버렸다. 중학생 때는 그런 일이 더 심해졌지만 안은 반발했고 나는 대체로 가만히 지켜봤다. 고등학교에 올라가면서 그런 일을 당하는 빈도는 줄었지만, 그렇다고 해서 한 번도 없었던 것은 아니었다.

지금은 평온했다. 그냥 심한 비대칭 얼굴을 가진 사람 취급을 받는다. 마스크와 안경을 쓰고, 앞머리를 내리면 길거리에서도 스쳐 지나가는 사람들이 힐끔힐끔 쳐다보는 일도 없다.

설명한들 무슨 좋은 일이 있겠는가. 둘이 일하는 거라고 말해도 이해해줄 리 없고, 이해한다고 해서 월급이 두 배로 늘어나는 것도 아니다. 고등학교 시절, 우리 사정을 전부터 아는 친구의 부모님 댁에서 일한 적이 있다. 연말에 우체국에서 연하장을 누구보다 빨리 분류했지만 한 명 몫의 아르바이트비밖에 받지 못했다.

네일팁은 만든 만큼 벌 수 있다. 나는 불량 빵의 모양을 다시 잡으며 반투명 장갑 너머로 비치는 네모난 손톱을 바라보았다. 그림을 전공하러 미술대학에 진학할지, 네일을 배우러 미용 전문학교에 갈지 고민한 적도 있었지만, 결국 어머니의 제안에 따라 대학병원이 있는 간호학부에 입학했다.

그 대신 간호학 수업 전후로 동기들에게 재료비 2500엔만 받고 네일아트를 해줬다. 내가 손톱에 그림을 그리고, 안이 작업해 붙였다. 하지만 그 일도 점점 하지 않게 되었다. 병원 실습에 들어가면서 네일이 금지되었기 때문이다. 실습이 시작되기 며칠 전 고객이었던 친구들을 모아 아세톤으로 손톱을 지우는 중에 실습에 대한 불안감은 커져만 갔다.

혹독하기로 알려진 대학병원의 간호 실습은 맥이 빠질 정도로 평온했다. 실습 현장의 간호사들은 우리에게 그다지 가혹하게 굴지 않았다. 오히려 문제없이 대화를 나눌 수 있다는 것을 알고 나서 동기들이 옆에서 실습에 관련된 질문에 시달리는 중에도 나에게는 개인적인 얘기만 물었다.

"걸을 때는 누가 다리를 움직여?"

"시력은 같아?"

"한쪽이 자고 있을 때는 어떤 느낌이야?"

"반대쪽 손은 움직일 수 있니?"

견디기 힘들었던 건 환자들의 반응이었다. 다양한 사람들을 봐온 간호사들과는 달리 환자들은 우리를 보자마자 "아" 하고 숨을 들이마시거나 표정을 굳혔다. 웬만큼 둔감하지 않은 이상 사람들은 생리적으로 우리에게 어떠한 위화감을 느낀다.

가로세로 폭이 비슷한 아기 같은 몸통, 일그러진 얼굴, 수시로 바뀌는 두 가지 목소리, 이따금 따로 움직이는 좌우 눈동자. 그런 우리가 일반 병원에서 일하는 건 현실적으로 불가능했다. 간호사들이 다정했던 것도 앞으로 함께 일할 일이 없다는 것을 알고 있었기 때문인지도 모른다.

반년 후, 실습이 모두 끝난 날이었다. 병원에서 나와 집으로 돌아가는 길, 인적 드문 곳에 접어들자 안은 걸음을 멈췄다.

"갈 거면 치매 병동이겠네."

반년 동안 모든 병동을 돌아다닌 끝에 마침내 찾아낸 길을 안은 당당하게 선언했다. 그 순간, 결의로 아랫배가 단단히 굳어지며 진로가 결정됐다.

졸업 후 대학병원 계열의 노인요양시설을 소개받았지만, 1년도 채 지나지 않아 퇴사했다. 치매 환자와의 갈등은 없었지만, 드나드는 환자 보호자들로부터 주사나 채혈처럼 전문적인 업무를 장애인에게 시키지 말라는 투서가 자주 들어왔기 때문이다.

다시 원상 복구할 수 없을 정도로 불량품인 빵을 발견하고 손으로 쳐서 라인 반대편의 바구니에 떨어뜨렸다. 이미 바구니에는 수십 개의 불량품이 쌓여 있었다. 하루 근무가 끝나가고 있었다. 빵이 더 이상 나오지 않는 걸 확인하고 나는 라인에서 한 발짝 물러섰다.

마감을 알리는 종소리가 요란하게 울리자마자 안은 반사적으로 움찔했다. 그리고 벼락을 맞을 확률은 약 100만분의 1. 하나의 난자를 공유하는 일란성 쌍둥이의 발생 확률은 300건 중 한 쌍, 즉 약 0.3퍼센트다. 결합쌍둥이의 경우는 20만 건 중 한 쌍인데, 대부분 허리나 가슴이 붙어서 태어난다. 머리의 경우 확률은 더욱 낮아져 약 250만분의 1. 머리와 가슴, 허리까지 붙어 있는 우리는 더욱 낮은 확률이다. 확률의 문제이니, 어머니가 임신 중에 벼락을 여러 번 맞고 그 충격으로 우리가 태어난 것이나 마찬가지다. 쌍둥이가 병이 아닌 것처럼, 결합쌍둥이도 병은 아니다. 태어날 때부터 두 사람의 거리가 너무 가까웠을 뿐이다. 애초에 아버지와 큰아버지의 관계도 마찬가지다. 태아 내 태아도 50만 건에 한 쌍꼴이다. 인구가 수십억 명인 것을 감안하면 결합쌍둥이나 태아 내 태아도 당연히 태어날 수 있다. 대단한 일이 아니라는 거다. 이 세상에 벼락을 맞는 사람들이 얼마든 존재하는 것처럼, 거리가 가까운 사람들은 앞으로도……. 스위치가 켜진 듯, 머릿속에서 안은 어젯밤의 생각을 다시 이어가기 시작한다.

내가 흘려들으며 옷을 갈아입는 동안, 종종 머릿속에서 번개가 번뜩이고 그 눈부신 빛에 시야가 순간 흐려졌다. 탈의실에서 나와 출근 카드를 찍었다. 휴대전화에 어머니의 부재중 통화 내역이 남아 있었다. 공장 정문 앞에서 출발하는 역으로 가는 버스 정류장을 지나 한 손에 휴대전화를 들고 인도를 따라 걸었다.

"공장장한테 말했더니 내일 쉬래요."

"같이 신칸센 타고 가자. 엄마는 오다와라역에서 탈 거야."

"우리는 신요코하마역에서 탈게. 몇 시 열차예요?"

"발인 시간을 아직 못 정했대. 빈 화장장이 없나 봐. 시간 정해지면 말할게."

"알았어요."

"여보세요, 안."

"난 순인데."

"알아, 안다고. 그게 아니라, 안, 듣고 있니?"

"……응, 왜요?"

"아니, 아무 말도 안 하길래."

"퇴근 중이라 피곤해서."

안이 건성으로 대답하자 어머니는 포기하고 전화를 끊었다. 그때부터 안은 고개를 갸웃하더니, 역사적으로 인간에 대한 이해는 때로 특수한 신체적 상황에 처한 인간을 통해서 깊어졌다. 예컨대 뇌졸중이나 신경학적 질환으로 보행이 어려워진 사람을 통해 뇌의 어느 부위가 보행을 관장하는지, 또는 그 신경의 전도 위치 등이 밝혀졌다. 현재도 뇌신경과학은 멈추지 않고 눈부신 발전을 거듭하고 있으며, 지금까지 종교나 철학이 다루어왔던 심오한 내용들에 대해서도 과학적 접근이 가능해졌다. 그 발판이 되는 존재가 바로 결합쌍둥이다.

걸으면 조금은 가라앉을 줄 알았던 안의 생각은 오히려 더 강렬해졌다. 공장의 버스 정류장으로 되돌아가는 것보다 다음 버스 정류장이 더 가까웠고, 역을 경유하는 순환버스가 정차해서 편수도 많다. 끝없이 꼬리를 무는 안의 거센 사고에 빨려 들어갈 것 같았지만 나는 한 걸음 한 걸음에 힘을 주어 의식적으로 걸었다. 다리 근육을 필요 이상으로 수축시키고, 눈앞의 인도에 초점을 맞춰서 걸었다. 자전거를 타고 온 것도 까맣게 잊고 있었는데, 이런 상황에서 타면 사고가 나기 마련이다. 단순히 걷는 행위에조차 집중하지 못하고, 순간 방심하면 멈춰 설 것 같다. 횡단보도 한가운데서 멈추거나, 신호를 무시하고 돌진해버릴 가능성도 있다. 어떻게든 다음 버스 정류장까지만 가면 거기서부터는 안전하게 돌아갈 수 있다.

눈앞의 신호기에 영자신문이 매달려 있는 것처럼 보였다. 어느새 그것은 도로 전체를 뒤덮고 있다. 차분하고 나지막한 목소리는 내레이터의 목소리다. ……이번에 결합 쌍둥이를 연구하는 두 연구자를 취재했습니다. 뇌신경학 전문인 그들은 두 소녀에 대해 연구했고 다음과 같이 설명합니다. 타티아나와 크리스타 자매는 머리로 연결된 결합 쌍둥이입니다. 이 자매의 머리는 두개골은 물론 뇌의 수막보다 더 깊게 결합되어 있습니다. 요컨대 뇌 자체가 깊게 붙어 있는 것이죠. 두 개의 유합된 두개골 안에 기울어진 두 개의 뇌가 시상의 다리로 연결되어 있습니다. CT로 촬영한 이 사진을 보십시오. 뇌가 비스듬하게 기울어져 붙어 있지요. 마치 쌍둥이의 수정란처럼 서로 녹아든 듯 보입니다. 타티아나는 왼쪽으로 고개를 기울이고 있고, 크리스타는 오른쪽으로 고개를 기울이고 있습니다. 머리의 아래쪽 절반, 즉 얼굴은 독립되어 있습니다. 각자 두 개의 눈과 하나의 코, 하나의 입을 가지고 있고, 그 아래부터는 두 개의 몸을 가지고 있습니다.

무심코 버스 정류장을 지나치다가 퍼뜩 깨닫고 걸음을 돌렸다. 때마침 코너를 돌아 나타난 버스에 별일 없이 올라탔다. 조금 붐비긴 했지만 뒷자리는 비어 있었다. 앉아서 안도의 한숨을 내쉬며, 자매는 대조적인 성격을 가졌는데, 타티아나는 다정하고 온화하며, 크리스타는 밝고 활달한 성격의 소유자라고 들었는데 맞나요? 맞습니다, 두 사람은 독립적인 성격을 가졌습니다. 둘 다 무척 매력적이죠. 하지만 생각은 공유한다고요? 네, 두 사람은 말하지 않아도 상대방이 무슨 생각을 하고 있는지 알 수 있습니다. 머리 아랫부분은 분리되어 있으니 독립적인 것처럼 보이시죠? 하지만 사실은 그렇지 않습니다. 크리스타가 두 눈으로 보는 걸 타티아나도 보고 있습니다. 마치 주식 투자자가 두 개의 모니터 화면을 동시에 보는 것처럼 두 사람은 각자의 시각을 공유합니다. 후각과 미각도 공유하는데, 타티아나가 입에 넣은 음식은 타티아나의 식도를 통해 내려가지만, 크리스타는 그 음식의 맛을 느끼며 자기 식도를 통과하는 것처럼 느낍니다. 감각뿐만 아니라 운동에 대해서도 마찬가지라, 마음만 먹으면 타티아나의 왼손을 크리스타가 움직일 수도 있습니다. 독립된 의식과 인격이 있다는 것은 각자에게 고유의 인지적 특성이나 감수성이 존재한다는 뜻이지만 두 사람은 대부분의 심리나 감각을 공유합니다. 다만, 관심사나 음식 취향은 뚜렷하게 나뉘어져 있어서 서로 겹치지는 않습니다. 타티아나는 케첩을 싫어하고, 크리스타는 머스터드를 싫어합니다. 그렇다면 캐나다 사람인 타티아나와 크리스타는 아이스하키 경기장에서 핫도그를 먹을 때 케첩과 머스터드 중에 무엇을 뿌릴까? 문득 이런 소박한 의문이 솟아오를 즈음, 겨우 집으로 돌아올 수 있었다.

집 소파에 눕자 강박적 사고가 더욱 일방적으로 흘러들어 왔다. 온천수처럼 솟구쳐 올라 멈추지 않았다. 테이블 위에는 칠하다 만 네일팁이 놓여 있다. 야키소바 컵라면을 꺼내 냄비에 물을 붓고 불에 올렸다.

"이제 그만 좀 해. 응?"

소리 내어 부탁하자 안은 조용히 고개를 끄덕였고, 이 결합쌍둥이들이 어떻게 감각과 사고, 행동을 공유하는지 신경학적인 견지에서 설명할 수 있습니다. 이것은 두 사람의 뇌 그림입니다. 시상은 신체에서 뇌로 감각 정보를 중계하는 역할을 하고, 또한 대뇌피질에 이러한 신경 회로로 연결되어 있습니다. 네, 저 붉은 부분이죠. 고도의 인지와 사고를 담당하는 대뇌피질에서 시상으로 돌아가는 신경 회로도 물론 존재하는데, 이 루프 형태가 보이시죠. 어느샌가 물이 끓고 있었다. 컵라면에 물을 부었다. 한마디로 시상이 붙어서 연결된 이 쌍둥이는 신경학적으로 이렇게 감각뿐 아니라 사고까지 공유하고 있는 겁니다. 하지만 공유하는 한편 서로 빼앗을지도 모릅니다. 이것은 쌍둥이의 혈류 분포도입니다. 머리 부위에서 혈관이 연결되어서 이곳에서 피를 뺏고 뺏기는 일이 일어납니다. 어린 시절에는 크리스타가 더 많이 피를 빼앗아서 더 많이 성장했고, 타티아나는 마른 편이었습니다. 그와 마찬가지로 생각이나 감정도 쟁탈전, 아니 주체성이라고 해야 할까요, 그 편향이나 흔들림도 있는 게 아닐까 생각합니다. 여기부터는 박사님께서 설명해주시겠습니다. 네, 그럼 여기서부터는 제가 조금 더 전문적인 내용을 말씀드리겠습니다. 과학적 실험 결과와 저의 유추가 섞여 있습니다. 유추가 섞인 건…… 시간이 조금 더 지나면 객관적으로 증명할 수 있겠지만, 크리스타도 타티아나도 아직 아이라서 인지에 대한 검증을 하기에는 너무 어렵습니다. 그러니 어디까지나 제 개인 의견으로만 들어주시길 바랍니다. 시상의 다리에 의해 전달된 사고는 그 정보가 어디서 왔는지 전기 신호상 구분할 수 없습니다. 생각이 발생하는 순간에만 주체성을 알 수 있기 때문에 그 이후의 주체성, 즉 그 생각을 타티아나와 크리스타 중에 누가 했는지 분간할 수 없습니다. 어느 한쪽이 떠올린 생각은 곧 두 사람의 생각이 됩니다. 그것은 감각이나 감정에 대해서도 마찬가지인데, 일시적인 주체성은 있지만 곧 어느 한쪽의 것도 아니게 된다고 유추합니다. 두 사람이 어리기 때문일지도 모르겠지만, 어떤 질문을 던져도 두 사람에게서는 당혹스러운 대답만 돌아옵니다. 어디까지가 타티아나의 생각이고 어디까지가 크리스타의 생각인지 구분할 수 없을 때가 많습니다. 이것은 도대체 무슨 뜻일까요. 여러분은 생각과 감정을 늘 공유한다는 게 어떤 느낌이라고 생각하십니까? 내가 생각하는 건지 상대방이 생각하는 건지 분간이 가지 않는다는 설명을 들어도 자신의 몸밖에 없는 우리로서는 그런 상태를 상상하기 어렵죠. 나아가 더 큰 의문이 들기도 합니다. 태어날 때부터 생각과 감정을 계속 공유하고 있는데 어떻게 독립적인 의식과 인격을 유지하는 걸까요? 아니면 의식은 사고나 감정과는 전혀 다른 것일까요? 그렇다면 의식은 도대체 나의 어디에 존재하는 것일까요?

예전에 읽은 철학책, 과학책, TV 프로그램에서 방영한 결합쌍둥이 특집, 그리고 안이 이 몸으로 쌓아 올린 나름의 개념, 그것들이 혼연일체가 되어 쉼 없이 이어진다. 타티아나와 크리스타가 걷는 모습과 두 사람의 MRI 영상 등 단편적인 영상이 흘러들어 왔고, 박사와 내레이터의 목소리, 그리고 안의 목소리가 번갈아 들려왔다. 그 소리에 귀를 기울이다가 야키소바 컵라면 앞에서 20분도 더 멍하니 서 있었다. 서둘러 싱크대에 물을 버렸지만, 야키소바는 이미 다 불어버린 상태였다. 불어터진 면을 먹으며 나도 생각에 잠겼다. 고등학교 시절, 안이 시간만 나면 도서관에 가서 과학책이나 철학책, 종교 서적을 최대한 빌려서 열심히 읽었던 시기가 있었는데, 그 덕에 나도 전문적인 지식을 얻게 되었다. 내가 관심 없는 것을 읽고 생각해야 한다는 것은 고행일 뿐이지만, 설마 지금에 와서 다시금 그런 TV나 책에서 얻은 지식이나 안의 독자적인 철학을 계속 펼칠 줄은 꿈에도 생각지 못했다. 여기서부터는 지론이지만, 많은 의사나 과학자들은 의식과 지성, 또는 의식과 사고를 동일시하

고 있다. 예전에 읽은 종교 서적인가 철학 서적에 쓰여 있
던 말을 빌리자면, 의식은 모든 장기로부터 독립되어 있다.
물론 뇌로부터도. 즉, 의식은 생각이나 감정, 본능으로부터
독립되어 있다. 살다 보면 대부분의 사람들은 의식이 지성
이나 감정, 본능 등에 유착되어가지만, 그래도 원래는 독립
되어 있다. 타티아나와 크리스타 자매처럼 태생적으로 뇌
를, 아니 그 자매보다 더 결합된 상태로 태어나, 모든 장기
를 공유하는 입장에서 보면 의식이 모든 장기로부터 독립
되어 있다는 것은 굳이 말할 필요도 없는 사실이다. 뇌를
공유하여 생각하든, 동시에 가슴이 뛰는 것을 느끼든, 빈속
에 한쪽이 음식을 넣어 식욕을 채워주든, 두 사람의 의식은
섞이지 않는다. 개별적으로 동시에 체험하고 있을 뿐이다.
의식은 모든 기관으로부터 독립되어 있다는 말을 처음 읽
었을 때도 놀랍지는 않았고, 이 세상에 우리를 알아주는 사
람이 있다는 사실에 기뻐했던 기억이 난다. 그러나 하나의
의식으로 하나의 몸을 독점하고 있는 사람들은 그걸 모른
다. 생각이 자신이고, 느낌도 자신이며, 몸과 그 감각도 자
기 자신이라고 착각하고 있다. 자기 감정이 가장 중요하다

는 말을 들을 때마다 나는 히죽거리게 된다. 단생아는 하나의 몸, 뼈, 내장을 오롯이 소유하고 생각과 감정을 독점하는 대신 그 독점성에 의식이 제한당한다. 아니, 의식을 제한하는 건 이 생각과 감정이 제 것이라는 오만함이다. 내 몸은 결코 남의 것이 아니지만, 그와 마찬가지로 내 것도 아니다. 생각도, 기억도, 느낌도 마찬가지다. 그런 당연한 것을 단생아들은 자기 몸으로 경험하지 못하기 때문에 모른다. 단생아뿐 아니라 태어나면서 분리되는 비결합 쌍둥이도 마찬가지일 것이다. 어쨌든, 독점적으로 사용함으로써 그들의 의식은 뇌 혹은 심장처럼 하나의 장기와 이어져버리는 것 같다. 데카르트의 '나는 생각한다, 그러므로 나는 존재한다' 같은 사고를 가진 사람들, 즉 뇌가, 생각이, 자신의 의식을 만들어낸다고 생각하는 의사나 과학자들이 아무리 쌍둥이를 연구해도 도달하는 결론은 하나, 주관성을 배제하고 객관성만으로 증명하는 과학 논문으로 쌍둥이들의 생각이 주관과 객관을 넘어 통합되어 있다는 걸 증명하는 셈이다. 그리고 스스로 논문으로 증명하면서도 아이러니하게도 누구와도 이어지지 않은 그들은 자신과 상대, 주객이

통합되는 그 감각을 스스로 실감하지 못하고 그저 자신의 주객이 분열하는 사태에 직면한다. 나도 결합쌍둥이로 이어져서 태어났더라면 진심으로 이해할 수 있었을 텐데, 라고 한탄하게 된다…….

'단생아'라는 안의 표현에 나는 등골이 오싹해졌다. 안은 자신이 결합쌍둥이라는 사실에 어떠한 우월감을 느끼고 있는 것일까. 이제 내레이터나 박사들의 목소리는 들리지 않았고, 안 혼자 계속해서 이야기하고 있었다. 그 오만한 말투에 불안감이 몰려와 가슴에 손을 얹자, 그 감촉에 현실로 돌아왔다. 컵라면 용기를 보니 이미 비어 있었고, 시계를 보니 몇 시간이 지나 있었다.

안의 말처럼 몸의 어딘가에서 누군가와 이어져 무언가를 공유할 수 있다면, 거기서 자신을 발견할 수도 없을 것이다. 만약 과학자들이 결합쌍둥이처럼 상대와 모두 하나가 되고 싶다는 감각을 가지고 더 깊이 있게 연구하기를 바란다면, 머지않아 자기 몸을 남과 잇기 시작하는 사람이 생기지 않을까. 머리뿐 아니라 가슴이나 배를 잇는 수술이 유행하려나? 그런 망상이 멋대로 솟아올랐다. 몸도 마음도 기진맥진한 상태에서 안에게 끌려다니느라 머리만 비정상적으로 돌아가고 있다. 제정신이 아니라는 생각에 두 손으로 관자놀이를 눌렀다. 관자놀이가 한껏 굳어 있는 걸 보니 뇌가 거센 속도로 자동으로 돌아가고 있는 것을 알 수 있었다. 의사들이 아무리 뇌를 연구해도 의식은 찾지 못할 것이다. 의식은 뇌 속에 없다. 의식의 반영이 뇌에서 활동으로 나타날 뿐이다. 의식은 무엇으로부터도 독립되어 있다. 타티아나와 크리스타의 의식은 뇌에서도, 서로에게서도 완전히 독립적이다. 생각과 감각은 섞여도 의식은 섞이지 않는다. 인간 존재는 내장이나 심신의 모든 것을 초월한다!

안의 이야기는 이제 종교색을 띠고 있었다. 예전에 읽었던 책 중에 이런 수상쩍은 종교 서적이 있었기 때문인지도 모른다. 과거에 읽은 과학 논문과 철학 서적, 종교 서적들이 뒤죽박죽 섞여서 안의 내면에서 독자적인 교리가 탄생한 것 같다.

큰아버지의 죽음으로 안은 정말 미쳐버린 것일까. 예전부터 혼자 생각에 잠기는 성격이었지만, 이렇게까지 강박적으로 생각한 적은 없었다. 큰아버지의 죽음이 안에게 생각보다 더 심각한 영향을 주고 있는 것은 틀림없었다. 큰 아버지와는 지금까지 자주 만난 것도 아니고, 길게 이야기한 적도 없었지만, 안은 큰 충격을 받았다. 혼자 생각에 잠기는 점이나 신경질적인 면은 비슷하지만, 과거에 안과 큰 아버지 사이에는 특별한 추억이나 연결 고리도 없었는데도 말이다.

휴대전화를 보니 어머니의 문자가 와 있었다. 발인 시간이 오전으로 정해졌다고 해서 내일 아침에 신칸센에서 만나기로 했다.

"내일 일찍 일어나야 하니까 그만 자자. 오늘도 약 먹을게."

반응 대신 계속되는 것은 머릿속의 혼잣말뿐이다. 이대로 가다가는 나까지 이상해질 것 같다. 수면제를 집었다. 안은 대답하지 않았지만 저항하지도 않았다. 따뜻한 물과 함께 약을 삼켰다. 어젯밤에는 수면제를 먹고 푹 자서 잊어버린 줄 알았는데, 오늘 저녁에 폭발하기 시작했다. 근본적인 해결책이 아닌 건 알지만 내일은 아침 일찍부터 나가야 하니 무의식적으로 흘러넘치는 지식과 생각에 이대로 몸을 맡기고 잠을 안 잘 수도 없다. 일단 안을 재우고, 목욕은 내일 아침에 해야겠다 생각하며 불을 끄고 침대에 몸을 뉘었다.

체온으로 이불이 덥혀질 즈음에는 몸에 힘이 빠지고 눈앞이 흐려졌다. 흥분 상태는 가라앉았지만 안은 아직도 머릿속에서 결합쌍둥이란…… 인간이란…… 하고 중얼거리고 있어서 아직 잠이 오지 않았다. 어젯밤에 안은 금방 잠이 들었고, 5분의 시차도 없이 나도 뒤따르듯 잠들었지만, 오늘 밤에는 시간이 걸릴 것 같았다.

생각해보면 안과 두뇌를 공유하고 있으니 크리스타, 타티아나 자매를 생각하며 반추하는 건 나 자신이기도 하다. 안의 말을 빌리자면, 안이 본인의 의지를 갖고 행동했을 때 그 물리적 체험은 나에게도 주체적이고 의식적인 체험이 된다. 이 말이 맞다면 크리스타, 타티아나 자매에 대해서도 의식적으로 함께 생각하면 더 빨리 생각의 폭탄에서 벗어날 수 있을지도 모른다. 자매뿐 아니라 전 세계에 존재하는 결합쌍둥이들, 그들의 존재를 떠올리려 하면, 홋카이도로 보낸 한 통의 편지가 눈앞에 떠오른다. 펜팔 친구에게 쓴 편지. 상대는 학교에서 연결해준 같은 나이의 초등학생이었다.

안녕, 하마기시 안이야.
안녕, 하마기시 순이야.

홋카이도는 추워? 벌써 눈이 내렸어?
홋카이도 사람들은 모두 스키를 탈 수 있다는 게 사
실이야?

둘이서 한 줄씩 쓴 편지는 필압의 차이로 뒤죽박죽인
느낌이었다. 하지만 다행히도 상대는 개의치 않고 몇 주가
지나 답장을 보냈다. 우리의 기묘한 몸이 신경 쓰이기 시작
하던 시기이기도 해서, 이상한 외모를 들킬 염려가 없었기
에 곧 펜팔은 큰 즐거움이 되었다.

편지를 세 번 정도 주고받고 나서 생각지도 못한 변화
가 일어났다. 봉투에 적힌 받는 사람의 이름이 '하마기시
순' 하나가 된 것이다. 편지에도 '순'이라는 이름만 적혀 있
었다. 토라져서 펜을 놓아버린 안에게 변명하듯 나는 이렇

게 썼다.

안녕? 잘 지내니? 나하고 안은 잘 지내고 있어.

눈이 내린다던데 얼마나 쌓였어? 얼마 전 텔레비전에
서 삿포로가 나왔는데 도로가 새하얘서 놀랐어. 시계탑
에 가본 적이 있니?

스키 수업이 있는 게 부러워. 여기는 겨울에도 눈이
거의 내리지 않고, 내려도 쌓이지 않아. 그래서 태어나서
한 번도 스키를 타본 적이 없어.

저번에 말했던, 슌과 안이 쌍둥이 자매라는 얘기 기
억해? 쌍둥이지만 사실 지금도 몸이 붙어 있는 쌍둥이
야. 그러니까 편지는 슌과 안에게 모두 써주면 고맙겠어.

이 글은 지금까지 한 줄씩 번갈아 쓰던 것과 분위기가
달랐다. 나 혼자서 쓴 글인 게 틀림없지만, 두 사람 중 어느
쪽도 아닌 것처럼, 혹은 두 사람의 의식이 합쳐져 태어난 한
사람이 쓴 것처럼 느껴졌다. 나는 이러한 방식이 왠지 마음
에 들었다.

이러한 노력이 결실을 맺었는지 다음 봉투에는 우리 둘의 이름이 적혀 있었다. 그리고 편지는 두 사람이 어떻게 붙어 있는지, 몸은 도대체 어떤 느낌인지를 묻는 질문으로 가득했다. 나는 편지에 솔직하게 생각나는 대로 우리의 특징을 적었다. 안도 쓰지는 않았지만 함께 생각했다.

몸뿐 아니라 머리와 얼굴도 붙어 있어. 붙은 위치도 부위에 따라 조금씩 어긋나기도 하고. 오른쪽 어깨는 턱이 걸리적거려서 팔을 들 수 없지만, 왼팔은 관절이 빠진 것처럼 자유자재로 구부려져. 머리를 감을 때는 편리해. 등은 왼팔로만 닦아.

우리는 각자 혼자서 몸을 움직일 수 있지만, 나는 오른손잡이고 안은 왼손잡이야. 하지만 다리는 둘 다 오른발부터 내디뎌. 왼쪽에 비해 오른쪽 겨드랑이가 좁지만, 만지면 간지러운 건 오른쪽이야. 엄마하고 선생님은 순이 오른쪽 몸을 움직이고, 안이 왼쪽 몸을 움직인다고 하지만, 우리에게 몸은 어디까지나 하나이고 경계선도 느끼지 못해서 오른쪽이나 왼쪽이나 똑같아. 하지만 싸우면 안은 왼쪽 몸에, 나는 오른쪽 몸에 틀어박혀. 그래도 시간이 좀 지나면 누가 누구한테 화를 내는지 알 수 없어져서 싸움은 오래가지 않아.

　몸 안도 뒤엉켜 있대. 혈관이 구불구불 양쪽을 오가고 있고, 뇌도 하나 더 많고, 장기는 같은 게 두 개 있거나, 하나인 건 엄청나게 크거나, 서로를 구분할 수 없을 정도로 뒤엉키거나, 붙어 있다고 하는데 의사 선생님 말로는 제대로 움직이고 있어서 전혀 문제가 없대. 그 말대로 지금까지 크게 아픈 적은 없어.

　시간이 조금 지나 돌아온 편지에는 우리 그림이 그려져 있었고 그 밑에는 커다란 물음표가 달려 있었다. 그림은 실제 우리 모습과는 전혀 달랐는데 못난이 인형 같았다. 이건 슌이야, 아니, 안이야, 둘이서 침대에서 배를 잡고 웃었다. 그러고는 그림을 잘 그리는 내가 우리 자화상을 그려 편지에 첨부해서 보냈지만 답장이 돌아오지 않은 채 첫 펜팔은 끝이 났다.

　나름대로 펜팔을 즐기는 법을 찾아낸 우리는 다음 펜

팔 상대에게는 타이밍을 봐서 우리의 정보를 흘렸다. 그러면 펜팔 상대는 반드시 우리의 그림을 그려 보냈고, 그들의 상상은 번번이 빗나갔다.

몸 부분 부분은 정보에 기초해 충실하게 그렸지만, 결국 완성된 전체 상은 후쿠와라이⁺처럼 전혀 달랐다. 특히 신기하게 느꼈던 건 머리가 하나라고 가르쳤는데도 모두가 두 개의 머리로 그려놓은 점이었다.

펜팔 편지 중 하나는 미국에서 살다 온 아이가 보낸 것이었는데, 하나의 몸과 분리된 두 개의 머리 그림이 그려져 있었다. 그리고 그 위에 애비와 브리트니? 라고 적혀 있었다. 그 둘은 미국에서 유명한 결합쌍둥이라고 했다.

훗날 안이 벽에 포스터를 붙일 정도로 동경의 대상이었던 그 둘을 우리는 그때 처음 알았다. 이를 계기로 전 세계에 흩어져 있는 많은 선배들을 발견했다. 엉덩이가 붙은 베트와 도끄, 배가 붙어 있는 창과 앵 벙커 형제도 이때 알

⁺ 福笑い, 일본 정월에 하는 놀이로 얼굴 윤곽을 그린 종이 위에 눈, 코, 입을 놓고 눈가리개를 한 사람이 그것을 배치한다.

았다.

그로부터 얼마 뒤에 가장 실제와 근접한 그림과 만났다. 다정한 필체를 가진 펜팔 친구가 그린 그림은 역시 자비로 가득 차 있었다. 몸은 하나지만 좌우는 어긋나 있었고, 목이 하나에 턱과 입도 하나, 코도 하나라 한없이 진짜 우리에 가까웠지만, 그 윗부분이 달랐다. 콧대가 V 자로 나뉘어 있었고 거기서부터 머리가 두 개로 갈라져 있었다. 얼굴 윤곽은 꼭 하트 모양 같았다.

그 모습은 우리의 마음을 사로잡았다. 윤곽뿐 아니라 그림 속 소녀들의 표정도 행복에 가득 차 있었다. 하트 모양에 지지 않을 정도로 황홀한 표정에 보는 우리까지 마음이 몽글몽글해졌다.

학교에서 우리 몸에 대한 악담을 듣고 우울해질 때면 책상 서랍에서 그 그림을 꺼냈다. 하트 모양 쌍둥이의 황홀한 표정을 바라보고 있노라면 가슴에 소용돌이치던 것들이 스르륵 사라지고, 붙어 있어도 행복해질 수 있다는 용기를 얻었다.

그런 즐거운 펜팔 생활은 3년쯤 이어지다 일곱 번째

펜팔 상대를 끝으로 막을 내렸다. 이번에도 계기는 이름이었다. 몇 차례 편지를 주고받는 중에 점차 편지에서 내 이름이 줄어들더니, 어느 날 드디어 편지 제목에서 '순'이라는 글자가 사라졌다.

그러자 안은 그 편지를 뜯지 않고 책상 서랍에 넣어두었다. 내가 아무리 부탁해도 안은 절대 편지를 보여주지 않았다.

그리고 늘 내가 일찍 잠드는 틈을 타서 밤마다 편지를 읽고 답장을 썼다. 그 결과 나는 2년 가까이 내용도 모르는 편지를 우체통에 넣는 것을 지켜보았다.

지금도 빨간 우체통을 보면, 내가 잠든 밤에 몰래 일어난 안이 책상 앞에 앉아 필압이 센 필체로 '나는', '나는'이라는 주어를 연달아 써서 답장하는 모습이 자꾸만 떠오른다. 물론 거기에는 나에 대한 내용은 한 마디도 적혀 있지 않고, 안은 이 몸에 자기 아닌 다른 존재는 없는 것처럼 행동한다. 이따금 '쌍둥이인 순은 잘 지내?'라고 상대가 물어봐도 '아, 순은 나름대로 잘 지내고 있는 것 같아'라는 식으로, 하나도 모르는 것처럼 군다.

그게 내 상상인지, 안의 실제 기억인지는 구분할 수 없다. 하지만 우리는 크리스타와 타티아나처럼 뇌를 공유하고 있으니, 안이 한밤중에 몰래 편지를 쓴 기억 그 자체는 틀림없다.

요컨대 그 기억은 나의 상상도 뒤섞인 것이지만 안에게는 실제 기억으로 떠오를 것이다. 그런 생각을 하면, 나는 몰래 보복하고 있다는 사실을 깨닫는다. 그러면 세상에서 오직 하나, 안은 무슨 수를 써도 나를 소외시킬 수 없다는 생각이 들며 안을 애틋해하는 마음이 솟아오른다.

갑자기 휴대전화 알람이 울렸다. 이 어둑한 방은 안이 편지를 쓴 본가 2층이 아니라 후지사와의 원룸이었다. 눈을 뜬 걸 보면 나는 지금까지 자고 있었던 것이겠지. 휴대전화를 들고 알람을 껐다. 폭발적으로 터져 나오던 안의 생각은 어느샌가 잠잠해졌다. 조용한 몸속에 나의 생각만 흐른다. 오랫동안 잊고 있던 펜팔의 추억으로 그리운 기분에 잠겼다. 가슴을 흔드는 따스한 호흡, 식은땀으로 살짝 축축한 등, 막 잠에서 깨어난 무거운 몸. 그런 것들을 느끼고 있으면 펜팔의 추억조차 예전에 안과 읽었던 책 내용처럼 느껴진다. 모든 것이 뒤섞여서 구분이 되지 않았다.

　　오랜만에 본가에 두고 온 그 하트 쌍둥이 그림이 보고 싶어졌다. 이불을 끌어안았지만 안은 여전히 꿈조차 꾸지 않는 깊은 잠에 빠져 있다.

　　휴대전화 화면에 뜬 '신요코하마 6시 50분 노조미호'라는 표시를 보고 오늘이 큰아버지의 장례식이라는 걸 떠올렸다. 찬물을 뒤집어쓴 듯 정신이 번쩍 들었다.

3

오카야마역에 도착한 열차에서 내리자 사촌인 아야카가 로터리에서 기다리고 있었다. 아버지의 죽음을 슬퍼한다기보다는 이미 받아들인 듯 담담한 표정이었다. 최근 몇 달 동안 신장이 상당히 나빠졌다는 것, 큰아버지가 아버지로부터 한쪽 신장을 이식받을 시기를 상의하고 있었다는 것, 그러던 중에 갑작스러운 부정맥으로 급사했다는 이야기를 한동안 서서 하다가 차에 탔다. 흰색 프로박스의 운전석에는 아야카의 남편인 가쓰키가 앉아 있었다.

"곧 아이가 태어나니까."

로터리 출구에서 신호에 걸리자 가쓰키는 차를 바꾼

이유를 이야기했다. 아야카의 임신 소식을 듣고 화제는 곧 태어날 아이 이야기로 바뀌었다. 안정기에 접어들었다는 이야기, 이름을 뭐라고 지을지 고민 중이라는 이야기 등, 나는 수면제의 영향으로 입 근육이 잘 움직여지지 않았지만 슌은 즐겁게 이야기를 나누었다.

"요즘 바빠?"

백미러 한가운데에 인아웃라인의 쌍꺼풀이 진 눈이 비쳤다. 가쓰키는 두 사람에게 말을 건 것이겠지만, 나도, 슌도, 슌에게 말을 걸고 있는 것처럼 느꼈다.

"음, 근무 시간으로만 따지면 그 정도는 아닌데. 오전 오후 근무가 섞여서 생활 리듬이 엉망이랄까."

가끔 둘 중 한 사람에게 말을 거는 사람이 있는데, 무의식적이겠지만 누구에게 말을 거는지 금방 알 수 있었다. 아버지는 늘 우리 둘에게 말을 건다. 최근에 구분해서 말을 건넨 적이 있었던가.

"작은아버지는 이따 오신대?"

"어제부터 나고야 출장인데, 오전에 일 끝내고 바로 차타고 온대."

"그렇구나."

몇 년 전 결혼식에서 한 번 이야기해봤을 뿐인데, 아무래도 가쓰키는 아버지를 좋아하는 모양이다. '고故 하마기시 가쓰히코 님의 장례식장'이라는 간판이 있는 사거리에서 오른쪽으로 꺾어 잠시 후 장례식장에 도착했다. 주차장은 꽉 차 있었다.

장례식장 직원이 다가오는 걸 보고 가쓰키가 운전석 창문을 내렸다.

"30분 전부터 학생들이 많이 찾아왔어요. 아버님께서 학교 선생님이라고 들었는데, 교수셨군요."

"네, 시내에 있는 대학에서 근무하셨어요."

아야카가 조수석에서 대답한다.

"직진하시면 오른쪽에 제2주차장이 있어요."

직원은 좁은 샛길 안쪽을 가리켰다. 가쓰키는 좌우를 살피며 자전거가 오가는 골목 안쪽으로 들어갔다. 자갈이 깔린 제2주차장으로 들어서자 창문을 올리며 후방 주차를 했다.

"강의가 끝나서 다 왔나 보네."

장례식장에 들어서자 대기실을 가득 채운 젊은 학생들의 모습이 보였다. 요리조리 사람을 피해 안쪽 식장으로 들어가자 친척들은 앞쪽에서 관을 둘러싸고 있었다. 할머니가 할아버지가 탄 휠체어를 관 쪽으로 밀었다. 우리를 알아본 큰어머니가 다부진 걸음으로 다가왔다.

"먼 길 와줘서 고마워. 마지막으로 큰아버지께 인사드리렴."

어머니는 한숨 쉬고 나서 애도의 말을 건넸다.

"너무 갑작스러워서 놀랐어요. 그래도 편히 가셨다고 하니…… 어제도 애들 아빠하고 그나마 다행이라고 얘기했어요."

나와 순은 말없이 큰어머니의 뒤를 따라갔다. 준비해둔 말이 새어 나오기 전에 관 앞에 섰다. 관 속의 큰아버지는 이제껏 보았던 모습과 다르지 않은 창백한 얼굴이었다. 만나는 건 늘 병문안 때였기에 안색이 좋지 않은 모습밖에 모르지만.

우리가 태어났을 즈음 아버지의 전근으로 온 가족이 가나가와현으로 이사를 갔고, 큰아버지는 이미 오카야마의 대학에서 교편을 잡고 있었기 때문에 큰아버지와는 평생 열 번도 만나지 못했다. 딱히 귀여움을 받은 것도 아니고, 두고두고 떠올릴 만한 사건도 없었기 때문인지, 떠오르는 건 이틀 전에 생각했던, 큰아버지가 아버지를 품고 있었다는 일화뿐이다.

가사를 걸친 승려가 들어오는 걸 보고 우리는 식장 한가운데 의자에 앉았다. 반야심경의 독경이 울려 퍼지자 옆자리의 어머니는 꾸벅꾸벅 고개를 떨구기 시작했다. 덩달아 졸 뻔했을 때, 큰어머니가 구부정한 자세로 다가왔다.

"아버지는 지금 어디쯤이시래?"

나는 휴대전화를 꺼냈다.

"한 시간 전에 연락했을 때 고베 쪽이었는데 막혔던 차들이 뚫리기 시작했다고 했으니까, 곧 도착할 것 같아요."

옆에서 어머니가 몸을 기울이며 겸연쩍은 얼굴로 고개를 숙였다.

"죄송해요, 신경 쓰지 말고 진행하세요. 지금 어디 있는지 전화해볼게요."

허리를 굽히고 식장 뒤에서 밖으로 나갔다. 대기실에

는 아무도 없었고 창문 너머로 담배를 피우는 학생들의 모습이 보였다.

"지금 어디예요? 벌써 시작했어요."

"이제 막힌 곳은 빠져나왔는데 이 동네는 잘 몰라서……."

"내비게이션 보면 알잖아요. 언제쯤 도착해요?"

"한 시간쯤 가면 될 것 같은데, 배고파서 지금 편의점에서 뭐 좀 먹으면서 쉬는 중이거든. 좀 더 걸리지 않을까?"

어이가 없어서 순간 입을 다물어버릴 뻔했다.

"밥은 발인하는 거 보고 나서 먹으면 되잖아요."

순이 낮은 목소리로 말하는 걸 듣고 나는 깜짝 놀라 숨을 삼킬 뻔했다. 그러나 순이 내쉬는 거친 한숨을 이기지 못했다.

나는 숨을 들이마시는 걸 잘했고, 순은 숨을 내쉬는 걸 잘했다. 초등학교 시절, 우리는 환절기마다 천식으로 고생했다. 목구멍에 숨이 걸려서 잘 내쉬지 못하는 천식 특유의 증상이 힘들었는데, 천식을 앓는 동안에는 항상 순이 숨을 내뱉어주었다.

숨은 수화기 너머의 아버지를 향해 쉬지 않고 잔소리를 퍼부었다.

"쉬지 말고 당장 와요."

마지막으로 못을 박고 전화를 끊었다.

큰어머니는 그 후에도 두세 번 다가와 아버지가 어디쯤 왔는지 물었지만, 결국 아버지를 기다릴 수 없어서 큰아버지의 관은 장례식장에서 화장장으로 운구되었다.

산 중턱을 깎아 만든 화장 시설의 대기실에서는 세토내해가 보였다. 인공적으로 깎아낸 산의 틈새에 정사각형으로 잘린 바다가 보였다. 그곳을 달리는 아스팔트 도로의 보랏빛과 바다의 짙은 푸른빛이 섞여 있었다. 나는 그 경계를 찾아보려고 집중했다. 화장장 말고는 갈 만한 곳이 없는지 도로에는 차 한 대 다니지 않았다. 공기가 하늘하늘 흔들렸고, 도로와 바다의 경계는 파도처럼 도로 쪽으로 가까워지다가도 바다 쪽으로 흘러가는 것처럼 보였다. 잠시 후, 아버지의 하얀 영업차가 나타났다.

"하마기시 가쓰히코 님의 유족분들, 오래 기다리셨습니다. 준비가 다 됐으니 고별실로 와주십시오."

우리를 부르는 방송을 듣고 친척들은 하나둘 복도를 따라 걸어갔다. 복도 끝 계단을 따라 내려가니 대리석 소재의 바닥이 나왔다. 공기가 한층 차가워졌다. 고별실의 분향대 너머로 카트에 실린 관이 보였다. 10여 명의 사람들이 순식간에 분향을 마쳤고 내 차례가 돌아왔다. 손가락으로 향을 집어서 버리기를 두 번, 두 손을 모아 길게 기도를 하려고 했지만 견디지 못하고 곧장 분향대에서 멀어졌다. 안내 직원이 고별실 옆의 문을 열고 화장로로 통하는 복도로 들어간다. 나란히 늘어선 화장로를 지나 안쪽에서 세 번째 문 앞에서 카트가 멈췄을 때였다. 익숙한 발소리가 들려서 뒤를 돌아보았다.

"아, 와카히코가 왔어. 빨리 오렴."

쓰와코 할머니가 소리를 질렀다. 화구에 들어가기 직전에 큰아버지를 따라잡은 아버지는 다행히도 상복 차림이었다.

"와카히코, 흰머리가 왜 이렇게 늘었니."

할머니의 놀란 목소리에 고개를 숙이고 있던 할아버지도 휠체어에서 아버지를 올려다보며 "정말이네" 하고 맞장구를 쳤다. 아버지가 한 손을 들고 지나가자 어머니가 대신 대답했다.

"최근 몇 년 사이에 확 늘었어요."

"가쓰히코는 옛날부터 간하고 오른쪽 신장이 안 좋았잖니."

할머니는 그리운 눈빛으로 말문을 열었다.

"하지만. 그 아이는 하나도 힘들어 보이지 않았어. 많이 힘들었을 텐데. 어떻게 그럴 수 있었을까?"

그 말에 은빛 열빙어를 떠올렸다. 아버지가 관에 달린 작은 창 너머로 큰아버지에게 말을 건네는 풍경은 대답이 없을 뿐 병실에서의 풍경과 다르지 않았다.

"죄송합니다, 홀에서는 삼가주세요."

할머니가 관 뚜껑을 열려고 했지만, 이미 나올 때 단단히 고정되어 뚜껑은 꿈쩍도 하지 않았다.

"쌍둥이 동생인데요, 마지막으로 얼굴 좀 보게 해줘요."

"모든 화장로가 한꺼번에 점화하기 때문에 시간이 없습니다."

할머니는 관을 가리키며 담당 직원에게 태어날 때 이 몸속에 있던 아이라고 설명하기 시작했다. 맞은편에서는 아버지가 여전히 작은 창 너머로 큰아버지의 시신을 향해 슬픈 기색도 없이 투덜거리고 있었다.

"한신고속 3호선의 모토마치 부근은 늘 정체가 심해서……."

관 속에서 고개를 끄덕이며 맞장구를 치는 큰아버지의 모습이 상상되어서 작은 창을 들여다보려고 관으로 다가갔다. 그러자 화장로가 늘어선 벽 쪽에서 은근한 열기가 느껴졌다. 이 벽 너머에서 이제부터 모든 것을 태워버릴 불길이 타오를 것이라 생각하니 마른침이 나왔다.

결국 관을 다시 열지 못한 채 담당 직원은 화구를 열고 카트를 들여보냈다.

"한 시간 반쯤 걸리니 1번 대기실에서 기다려주십시오."

대기실 열쇠를 든 큰어머니를 모두가 묵묵히 뒤따라갔다. 계단을 올라갈 즈음에는 뭐라 중얼거리던 아버지도 입을 다물고 있었다.

유족 대기실은 계단 바로 옆이었다. 큰어머니는 실내에 놓인 여러 대의 석유난로를 켜고 비치된 주전자에 차를 끓이고 있었다. 우리도 가방을 두고 어머니를 도와 큰아버지 이야기를 하는 친척들에게 차를 돌렸다.

분위기가 조용해지고 큰어머니와 어머니가 자리에 앉는 걸 보고 나는 조용히 대기실을 빠져나왔다. 아까 있던 복도 안쪽 대기실로 향했다. 홀에는 검은색 가죽 소파가 드문드문 놓여 있었는데, 나는 햇볕이 들지 않는 벽 쪽 소파에 앉았다.

열차에서 눈을 붙이지 못한 탓에 이제야 졸음이 몰려왔다. 큰아버지의 부고를 들은 뒤로 이틀 연속 수면제를 복용한 탓이기도 했다. 첫날은 한 알을 먹었지만 어젯밤에는 두 알로 늘렸다. 하지만 깊이 잠든 만큼 왠지 평소보다 더 각성한 것처럼 정신이 맑아졌다. 지금도 그 뚜렷한 대비가 남아 있어서 잠이 죽음처럼 느껴졌다. 낯익은 감각이다.

중고등학교 시절, 한동안 잠만 자던 시기가 있었다. 그때 나는 어딘가가 죽어 있는 것 같았다. 평소에도 잠이 많은 편이었고, 잠들기 전에 혼자 깨어 있는 일은 자주 있었다. 대략 10분에서 20분 사이, 피곤할 때에도 길어야 한 시간쯤이었다. 하지만 그 시기에는 내가 깨어 있어도 슌은 몇 시간씩 잠들어 있고, 일어나도 여섯 시간쯤이고 또 금방 잠들었다. 심할 때는 낮에도 계속 자고 종일 깨지 않을 때도 있었다. 잠도 깊이 들었다. 얕은 잠을 잘 때는 어떤 꿈을 꾸는지 어느 정도 알 수 있었지만, 그때는 아무것도 흘러오지 않고 꿈조차 꾸지 않았다. 그럴 때면 몸 어딘가에 죽음의 감각이 있고, 그것에 이끌리듯 죽으면 어떻게 될까 하는 생각만 했다. 누구에게나 그런 시기가 있겠지만, 그것이 더욱 꼬여버린 것은 이 몸 때문이었을까, 슌 때문일까? 아니면 동급생 미즈타 탓일까.

고등학교 1학년 때 교외 실습으로 히라쓰카 곳곳을 돌아다녔다. 곧 가을인데도 불구하고 시내의 산 쪽은 매미 소리로 시끄러웠다. 미술관과 사찰 몇 곳을 돌아본 뒤에 세계의 민속 문화를 전시하는 박물관을 찾았다.

"뿔피리 불어보자."

고등학교에 입학한 지 반년 만에 친구들에게 따돌림을 당해 여자 그룹에 홀로 껴 있는 미즈타가 앞장서서 걸었다.

이즈미, 가오리와 넷이서 수다를 떨며 따라간 곳에는 뿔피리가 있었다. 손잡이에는 낡은 자수 천이 감겨 있었다. 축제 등에서 사용되던 뿔피리 몇 개가 놓인 전시 공간 옆에는 그와 같은 모양의 뿔피리 모조품을 불어볼 수 있는 체험 코너가 있었는데 다른 그룹이 불어보고 있었다.

아무도 소리를 내지 못하는 가운데, 우리 차례가 돌아왔다. 안내 직원이 가녀린 체구의 미즈타에게 권했다. 미즈타는 숨을 크게 들이마시며 뿔피리를 불었지만 간절한 숨소리만 새어 나올 뿐이었다. 새빨갛게 달아오른 미즈타를 보고 이즈미가 참았던 웃음을 터뜨렸다.

"그럼 너희가 해보든지."

미즈타가 씩씩거리며 팔짱을 꼈다. 직원이 뿔피리 입을 소독했지만 이즈미는 노골적으로 싫은 티를 냈다. 그것을 알아챈 직원이 들고 나온 건 갑절은 큰 뿔피리였다.

큰 뿔피리를 불어봤지만 소리는 하나도 나지 않았다. 직원은 전쟁 때 쓰는 커다란 뿔피리라며 미소를 지었고, 미즈타는 실패한 이즈미와 가오리를 신나게 비웃었다. 마지막으로 내 차례가 돌아왔지만 진심으로 불 기분이 아니라 적당히 흘려 넘기려는데 아랫배가 강하게 조여왔다. 엔진이 떨리듯 두두두 하는 진동이 뿔피리를 든 손을 흔들었고, 부우우웅. 굵은 저음이 기적처럼 실내에 울려 퍼졌다.

"슌, 대단하다!"

이즈미와 가오리는 놀라서 얼굴을 마주 봤고, 직원도 우아하게 소리 없이 박수를 치며 감탄했다.

"어차피 둘이서 한 거잖아."

미즈타는 분한 듯 내뱉더니 두 손을 들고 집합을 알리는 담임 선생님에게로 걸어갔다.

전교생이 모인 홀은 계단식으로 좌석이 배치되어 있었다. 중간쯤에 자리를 잡자, 친절해 보이는 백발의 관장이 나타났다. 슬라이드 쇼로 시설에 대한 설명을 시작한 지 한참 지났을 때였다.

관장은 커다랗게 확대한 상징을 레이저 포인터로 가리켰다.

"그리고 이게 아까 전시물에 있던 상징입니다. 음양도라고 하는데, 흰색과 검은색으로 구성되어 있죠."

그 상징은 흰색과 검은색 곡옥曲玉이 서로 맞물린 모양

새였다.

"음양어라는 별칭으로도 부릅니다. 잘 보면 두 마리 물고기처럼 보이기도 하죠?"

그 말을 듣고 음양도를 바라보니 물고기보다는 도롱뇽처럼 보였다. 검은 도롱뇽 한 마리와 흰 도롱뇽 한 마리.

"흰 머리의 중심에는 검은 점이 있고, 검은 머리의 중심에는 흰 점이 있죠? 각각 양중음, 음중양이라고 부르는데, 양이 극에 달하면 음이 되고 음이 극에 달하면 양이 된다는 것을 나타냅니다. 대극은 그 끝에서 반전하여 순환한다는 의미죠. 또한 흑과 백이 이렇게 서로의 진지를 공격하면서 하나의 원을 이루고 있는 것은 상보상극을 표현하고 있습니다. 상보상극이란 서로 보완하고 경쟁한다는 뜻이죠. 이 그림처럼 대극이 대등하게 순환하는 두 가지를 통합하여 '하나'를 표현하려는 시도가 처음부터 순조로웠던 건 아니었는데……."

슬라이드가 전환되면서 흑과 백이 다양하게 배치된 상징이 나타났다. 백이 흑을 껴안는 형태이거나, 흑과 백이 가운데에서 나뉜 것 등, 하나같이 조금 어색해 보였다.

"예를 들어, 이건 흰색과 검은색이 대립하고 있을 뿐이죠. 전혀 보완이 되지 않아요. 이건 어떻습니까. 일방적이죠. 백이 중심을 차지하고 있어요. 혹은 주변을 차지하고 있지만, 균일하지 않아서 대등하지 않네요. 이건요? 좀 어렵죠. 완성형에 많이 가까워요. 상보상극이긴 하지만 자기 안에 상대의 색이 없기 때문에 음극이 양으로, 양극이 음으로 되지 않아 순환을 표현할 수 없죠. 자, 조금 어려운 이야기를 했습니다만, 이렇게 정리해보면 어떨까요. 처음에 보여드린 것이 완성형이라는 걸 알 수 있겠죠? 이런 개념은 예로부터 전 세계적으로 존재해왔으며, 예를 들어 남미에서도……."

관장은 목소리 톤을 낮추더니 옆에 있는 대학생에게 눈짓했다.

"슬라이드 띄워주세요."

무시무시한 그림이 그려진 슬라이드가 나타났다. 눈을 부릅뜬 덩치 큰 남자 둘이 마주 보고 상대의 심장을 직접 움켜쥐고 있었다.

"고대 멕시코의 그림입니다. 상대방의 심장을 서로 쥐

고 주물러 움직이게 한다는 내용이죠. 힘껏 상대의 심장을 쥐면 상대의 온몸에 피가 돌며 활기차진다. 그리고 기운이 생긴 상대가 자신의 심장을 많이 주물러주면 자신도 다시 활력을 되찾는다는 뜻입니다. 반대로 상대의 심장을 주무르지 않으면 자기도 죽습니다. 그리고 잘 보십시오, 부릅뜬 눈동자 속에 상대방의 모습이 비치고 있죠? 이것이 음중양, 양중음을 나타낸다고 합니다. 벽화에 그려진 것이기 때문에 둘 다 짙은 갈색인 게 무척 아쉽지만요."

그러자 앞에 앉아 있던 미즈타가 뒤돌아보더니 얼굴을 들이댔다.

"그럼 너희도 한쪽이 죽으면 둘 다 죽는 거야?"

미즈타는 서로 심장을 주무르는 남자들을 가리키며 속삭였다.

"우리는 심장이 하나밖에 없잖아."

슌이 콧방귀를 뀌며 장난스럽게 대꾸하자 미즈타는 겸연쩍은 표정으로 몸을 움츠렸다.

그날도 집에 돌아오자마자 슌은 잠들었다. 내가 밥을 먹고 목욕을 하는 동안에도 슌은 쿨쿨 자고 있었다. 혼자

숙제를 끝내고 잠자리에 들었을 때였다. 서로의 심장을 주무르는 남자들의 그로테스크한 모습을 떠올렸다.

한 사람이 적극적으로 상대의 심장을 주무르면, 주물러진 쪽도 활력이 돌아 상대의 심장을 주무른다. 그 반대도 마찬가지다. 그 설명이 머릿속을 맴돌면서 나와 순은 흑과 백의 도롱뇽이 되었다. 서로의 꼬리를 먹으려고 쫓고 쫓기는 두 마리 도롱뇽.

대기실에는 아이들이 장난감을 들고 뛰어다니고 있다. 장난감 자동차가 평평한 대리석 바닥을 씽씽 달린다. 해맑게 떠드는 목소리가 묘한 쓸쓸함을 띠고 울려 퍼졌다.

왜 이렇게 옛날 일들이 이제 와서 떠오르는 걸까.

"어제나 이틀 전보다는 나아지긴 했어. 그때는 훨씬 더 혼란스러웠으니까."

비난 섞인 위로의 말에 나는 진심으로 동의했다. 큰아버지가 돌아가신 뒤로, 영문도 없이 무언가를 떠올리고는 만다.

"왜 이러는 걸까?"

"우리도 이제 곧 죽는 건가?"

순이 그렇게 말하니 정말 그럴 것 같다는 생각이 들었다.

"그만 좀 해. 큰아버지 돌아가신 지도 얼마 안 됐는데……."

나는 대기실의 커다란 시계를 올려다보았다. 화장이 끝나기까지는 아직 시간이 남아 있었다. 추위처럼 스며든 순의 불길한 예언은 과거의 공포와 비슷했다.

'한쪽이 죽으면'이라는 미즈타의 물음에 현실성이 없었기 때문인지 그런 생각은 더 하지 않게 되었다. 다만, 그날을 기점으로 머릿속에 자리 잡은 흑백 도롱뇽은 무서웠다.

관장이 이어서 한 해설을 기억하고 있다. 하나의 극이 커지고 성숙해지면 이내 그 중심에 대극이 생긴다.

내 안에서 순이 태어나고, 순 안에서 내가 태어난다, 그것이 어떤 의미인지 생각할 때마다 머릿속에서 도롱뇽이 자랐다. 내가 검은 도롱뇽이고 순이 흰 도롱뇽이다. 빙글빙글 돌면 하나가 되는, 둘이서 하나인 음양어.

결과적으로 도달한 건, 두 사람 모두 내가 아닐까 하는 생각이다. 사실 나는 결합쌍둥이가 아니라 드라마에서 흔히 볼 수 있는 이중인격이 아닐까. 슌은 존재하지 않고, 사실 나로부터 파생된 인격의 일부가 아닐까. 그런 생각은 금방 뒤집혔다. 내가 슌의 인격의 일부이고, 나라는 존재는 기실 존재하지 않는 것이 아닌가 하는 생각으로 반전되자, 거기서부터는 되돌아갈 수 없어졌다.

애당초 교대하지 않고 계속 존재할 수 있는 이 두 인격은 역시 이중인격이 아니라, 굳이 따지면 독립적인 병렬 인격, 또는 동시 인격이다. 독립적인 것 같지만, 마치 소리굽쇠처럼 두 개로 보이지만 사실 뿌리에서는 이어져 있다고 생각하니 무서웠다. 지금까지는 독립되어 있어도 같은 몸에 있으니 언제 하나가 되어도 이상하지 않다.

전부터 가끔 두 사람 사이에 껴 있는 것이 너무 얇아서 겁이 났다. 몸 안에서 우리 둘을 나누는 어떠한 얇은 막. 피와 내장, 감각이며 기억도 그 막을 쉽게 넘어 오가고 있다.

그뿐만 아니라 감정까지 공유되어 개인적인 것이라 할 수 없다. 진저리가 날 만큼 그런 일을 겪으며, 그 막이 너무나도 얇다는 사실에 두려움을 느꼈다. 우리를 가르는 이 얇은 막이 무너지면 어떻게 될까, 의식이 융합되면 어떻게 될까, 그런 생각을 하면 두 마리 도롱뇽이 머릿속에 나타났다 사라지며 주체할 수 없는 공포가 밀려왔다.

순이 목감기로 뻗었을 때나 먼저 잠들어서 홀로 깨어 있을 때, 흑백 도롱뇽은 늘 서로를 잡아먹으려고 빙빙 돌기 시작한다. 혼자 있고 싶다. 진심으로 그렇게 생각했다.

너무 무서워서 베트와 도끄, 또는 애비와 브리트니 자매, 직접 연결된 선배들에게 도움을 구하려 한 적도 있었다. 하지만 책을 읽어도 거기에는 신체 구조, 태어나서 지금까지 받은 치료, 부모와 주변의 반응, 당사자들의 담담한 모습 같은 게 적혀 있을 뿐이었다.

개중에는 다소 속내를 털어놓은 부분도 있었지만, 그것은 연결되어 있다는 사실이 주는 기쁨과 안도의 말뿐, 내가 알고 싶은 것에 대해서는 조금도 언급되지 않았다. 특히 모두가 이대로 이어져 있기를 원했고, 분리 수술이 가능한 쌍둥이들조차도 그것을 거부하고 있다는 사실에 나는 지독한 외로움, 그리고 자신이 이단자가 된 듯한 기분을 느끼지 않을 수 없었다.

그때 깨달은 것은 우리와 그/그녀들은 닮았지만 결정

적으로 다른 점이 있다는 것이었다. 애비와 브리트니는 몸은 붙어 있지만 머리는 분리되어 있다. 베트와 도끄는 허리가 붙어 있지만 상체는 분리되어 있다. 다른 결합쌍둥이들도 마찬가지였다. 어쨌든 어딘가는 분리되어 있다. 혼자만의 머리, 혼자만의 가슴, 또는 혼자만의 배를 소유하고 있다. 그것은 자기 혼자만의 생각, 자기만의 감정, 또는 자기만의 본능을 가지고 있다는 의미다.

자기만의 무언가를 가지고 있다, 그래서 분리되고 싶지 않은 것이다. 온전히 분리된 부분이 있는 사람들이 내 고통 따위를 알 리가 없다. 나는 분개하며 벽에서 포스터를 떼어냈다.

그것은 허리에 손을 얹은 채 웃고 있는 애비와 브리트니의 포스터였다. 자매의 팬이었던 슌이 아버지에게 부탁해서 이미지를 확대해 직접 만든 것이었다. 그것을 구겨서 쓰레기통에 던져버리고, 다른 축복받은 쌍둥이들과 이별했다.

대신 구원을 얻은 것은 정신의학서와 철학서였다. 그 책들에는 내가 느끼는 고통이 분명하게 쓰여 있긴 했다. 하지만 정신의학서나 철학서에서 내가 느끼는 공포는 처음 몇 페이지에 쓰인 게 다였고, 그 뒤로는 난해하고 복잡한 정신과 자아에 대한 설명뿐이었다. 어차피 내 고민 같은 건 자아에서 비롯된 고뇌의 초급편에 불과했다. 종교 서적은 더 심했다. 거기에 기록된 건 자기의 자아를 완전히 소멸시킨 실체험이었고, 읽으면 읽을수록 공포는 줄어들기는커녕 커져만 갔다. 실제로 자아가 소멸될 수 있다고 생각하니, 방심한 순간에 내가 슌 속으로 녹아들지도 모른다는 생각이 들었다. 종교인의 목적은 자아를 소멸시키는 것임을 깨닫고 나는 그 위대한 종교서를 헌책방에 50엔에 팔아치웠다.

　그런 고민도 어느 날 재채기 한 번으로 쉽게 날아가버렸다. 일요일 오후, 뉴스에서 정신질환자의 범죄가 보도되고 있었다. 다른 인격에 의해 유발된 범죄의 책임 유무가 논의되기 시작하자, 내 머릿속에선 도롱뇽이 빼꼼 꼬리를 내밀었다.

　심신상실 상태였다는 게 인정되면 면죄부를 받는 그들과는 달리, 나와 슌의 정신은 서로에게서 독립되어 있어 상실되지 않는다. 슌이 죄를 지으면 나도 함께 감옥에 들어가게 된다. 물론 그건 상관없다. 지금까지도 계속 그래왔다. 괴로운 일은 물론 괴로운 감정 자체를 같은 가슴으로 공유하고 있는 것이다. 학교 선생님이 슌을 혼낼 때조차 나는 내가 혼날 때와 같은 괴로움을 느낀다. 슌의 업業은 나의 업이다. 업보다 깊은 곳에서 이어져 있으니, 함께 죄를 짊어지는 건 당연하다. 내가 두려워하는 건 감옥에 가는 것이 아니다.

"그럼 자고 있을 때 지은 죄를 추궁당하는 느낌이려나?"

어머니가 자신만만하게 해석을 늘어놓기 시작했을 때였다. 슌이 마신 우유의 차가운 감각이 목구멍에서 배로 내려왔다. 슉. 배가 꽉 조여들며 재채기가 났다. 에취, 에취, 에취. 재채기를 할 때마다 머리가 하얘졌다.

어머니는 의아한 표정을 지었고, 아버지는 미소 지으며 슌의 머리를 쓰다듬었다. 아버지는 소리만 들어도 누구의 재채기인지 아는 것 같았다. 당사자들도 뒤섞여서 모르는데 말이다. 나는 갑작스레 나온 재채기에 아연실색했다. 방금 전까지 나를 떨게 했던 그 공포는 어디론가 날아가서 재채기가 멎은 후에도 돌아오지 않았다. 거기서부터 나는 필사적으로 머리와 몸 구석구석을 뒤졌지만 끝내 찾을 수 없었다.

천장이 높은 대기실이 갑자기 어두워졌다. 구름이 해를 가리고 있었다. 아이들은 신기한지 하늘을 올려다보았다. 나는 몸을 움찔거리며 엄지손가락으로 관자놀이 언저리를 주물렀다. 이틀 동안 수면제를 먹고 잔 탓에 몸 어딘가가 뒤틀려 있다.

그런 일이 있었나, 하고 생각하는 슌에게 말했다.

"슌이 자는 동안에 일어난 일일지도 몰라."

기억을 떠올리기는 했지만 스스로도 잘 모르겠다.

"어느샌가 포스터 같은 건 잊고 있었네. 그걸 뗐어? 아직 집에 붙어 있는 줄 알았어."

"내가 뗐어. 그리고 여러 가지를 내려놓은 것도 그즈음이었어."

그때부터 그런 철학적 고민에 시달리지 않게 된 나는 장난감을 뺏긴 아이처럼 혼자만의 시간을 보낼 방법을 찾지 못하고 그저 흘려보냈다. 철학적 고민이 사라진 대신,

순에게 떠넘기고 모른 척했던 것들이 뒤늦게 나를 덮쳤다. 친구들의 놀림이나 빈정거림, 아이를 낳지 못하는 몸이라는 사실이 새삼스레 사무쳤다. 그리고 그때 상처받은 건 순이 아니라 역시 나였다는 걸 깨닫고, 나의 철학적 고뇌는 단순한 일상의 갈등에서 비롯되었을 뿐이라는 사실에 충격을 받았다.

결국, 나를 몸부림치게 한 건 우리 고유의 문제가 아니었던 것이다. 나와 순의 관계는 아버지와 어머니, 친구들의 관계와 별반 다르지 않았다. 아르바이트하는 슈퍼의 단골손님 말에 상처를 받아 위궤양이 생긴 어머니나, 남자 친구의 말에 귀가 빨개지는 이즈미를 보면 안다. 자기만의 몸을 가진 사람은 없다. 깨닫지 못할 뿐, 모두들 서로 얽혀 있다. 자기만의 몸, 자기만의 생각, 자기만의 기억, 자기만의 감정 같은 걸 소유한 사람은 아무도 없다. 많은 것들을 서로 공유하고 있어서, 독점할 수 있는 건 하나도 없다. 다른 사람들과 다른 건 나와 순이 너무나도 직접적으로 연결되어 있다는 점뿐이다. 우리가 특별하지 않다는 걸 인정하자 도롱농은 소리도 없이 사라졌다.

그런 사실은 사춘기 한복판에서 나다움을 추구하는 자의식 과잉의 나를 괴롭게 했다. 이 몸으로는 나만의 개성을 유지하기 어려웠다. 그리고 그것이 어쩔 수 없는 사실이라는 것을 알았을 때, 나는 자포자기했다. 그때부터 뭐든 상관없다고, 모두 아무래도 좋다고 생각했다. 그때까지만 해도 고등학교를 졸업한 뒤의 진로에 대해 슌과 자주 이야기했다. 그림을 그리러 예술학부에 갈지, 미용 전문학교에 갈지, 어느 쪽을 택할 것인지가 늘 화제에 올랐다. 하지만 그마저 아무래도 좋다는 생각이 들어서, 딸들의 장래를 염려한 어머니가 권하는 대로 간호학부에 진학하게 된 것도 그런 이유에서였다.

"그런 거였어?"

간호학부에 진학하게 된 진짜 사연을 알고 슌은 무척 놀랐다.

"아마도. 이제야 떠오른 거라 확신할 수는 없지만."

둘이서 정한 진로였을 텐데 둘 다 확신을 갖지 못한다. 그렇다면 지금 떠올린 이 일은 사실 당시에는 둘 다 받아들이지 못하고 함께 깊숙이 봉인했던 기억이겠지.

"그랬구나. 아, 그럴지도 몰라."

순은 내가 체념했기 때문에 자기도 자연스레 예술학부에 갈 마음이 사라졌다는 걸 알고도 화를 내지는 않았다.

"그래서 그 무렵에는 잠만 자고 있었던 건가. 아, 그렇구나."

안은 곰곰이 생각한 끝에 체념했고, 나는 그냥 자면서 그 시절을 보낸 거라면 누구 잘못도 아니야. 순이 그렇게 생각해주었기에 나는 가슴이 환해지는 것을 느꼈다.

"오래 기다리셨습니다. 유족분들은 수골실로 오십시오."

말없이 소파에서 일어나 걸음을 내디뎠지만, 복도 중간을 지나기 전에 저절로 일치하고 마는 보폭에 체념은 더욱더 깊어졌다. 둘 다 걸음도 마음도 느긋해졌다. 그때는 견딜 수 없었던, 완전히 섞여 있으면서도 완전히 독립되어 있다는 모순이 이제 더는 모순으로 느껴지지 않았다. 기억을 떠올리며 느끼는 그 참을 수 없는 모순도 걸음과 함께 쉽게 흩어졌고, 머릿속을 스치는 음양도는 흑백 구분 없이 그저 원이 된다.

복도 끝 대기실에서 친척들이 하나둘 나와 계단을 올라가는 모습이 보였다. 복도 중간에서 멈췄다가 다시 걸으면서, 겨우 복도 끝에 도착했다. 이미 친척들이 나가고 아무도 없는 줄 알았던 대기실에서 어머니가 불쑥 나왔다.

"어디 갔었어? 너 기다렸는데."

"홀에 있었어."

어머니는 다운재킷 주머니에서 열쇠를 꺼내 대기실 문을 잠갔다.

"전화했는데."

"소파에서 자고 있었어."

"엄마도 자고 싶었어."

어머니를 따라서 계단을 올라가는데 볼멘소리가 들렸다.

"아빠가 큰아버지한테 신장 이식해주려고 했던 거 알았어?"

"아니."

"그러니. 엄마만 모르는 줄 알았네."

머리에서 온기를 느끼며 2층으로 올라가니 옆으로 나

란히 늘어선 수골실 중 한 곳의 문이 활짝 열려 있었고 유족들의 뒷모습이 보였다.

　뼈만 남은 큰아버지는 한껏 젊어진 모습이었다. 티 없이 흰 뼈는 낯빛이 좋지 않은 큰아버지가 아니라 마치 젊은 여성 모델의 것 같았다. 등뼈와 갈비뼈는 너덜너덜하게 부서져 있었지만 두개골과 견갑골, 대퇴골은 거의 손상 없이 남아 있었다. 두개골은 고등학생 야구 소년처럼 움푹 팬 곳 없이 동그랬고, 좌우로 벌어진 견갑골은 익룡을 연상시켰다. 대퇴골은 예쁜 Y 자 모양이었고, 오른쪽 대퇴골에는 무릎뼈가 포크볼을 쥐듯 자리하고 있었다. 아버지는 다시 뼈만 남은 큰아버지에게 중얼중얼 혼잣말을 하기 시작했다.

　"유족분들, 한 걸음 앞으로 다가와주세요."

　직원은 능숙하게 뼈를 부러뜨려서 줍기 시작했다. 옆에 선 아버지가 건넨 큰아버지의 대퇴골 조각을 젓가락으로 받아 들었다. 뼈는 두께에 비해 가벼웠다. 큰아버지와는 별다른 교류가 없었기에 그 가벼움에 허무함조차 느끼지 못했다. 역시 나는 큰아버지의 죽음에 충격을 받은 게 아니었다.

뼈를 건네주면서 우리의 죽음을 상상해봤다. 화장로에서 나온 카트 위에는 하얀 뼈밖에 없다. 두개골을 채웠던 세 개의 뇌도, 두 개의 췌장도, 일반인보다 갑절은 큰 자궁도 없다. 존재하는 건 하나의 골격뿐. 하얗고 굵은 등뼈, 새장처럼 둥그런 갈비뼈, 돔 모양의 두개골, 약간 어긋난 아래턱뼈. 두 사람의 인생을 짊어지고 있었기에 골격 자체가 크다. 처음부터 서로 녹아든 하나의 골격.

큰아버지의 뼈가 앞에 왔다. 손가락뼈였다. 작은 뼈를 기다란 젓가락으로 받으려는데, 내 안에 흑백 도롱뇽의 감각이 되살아났다. 나는 그만 큰아버지의 뼈를 놓쳤고, 뼈는 카트 위에 떨어졌다. 큰아버지와 아버지도 흑백의 도롱뇽이었구나 생각하며 굴러가는 뼈를 젓가락으로 집으려던 순간에 슌이 오른손을 뻗어 뼈를 직접 잡았다. 슌의 손안에 있는 뼈는 약간 따뜻했고 조금 까끌까끌한 감촉이 났다. 어머니의 나무람에 슌은 뼈를 놓았지만, 손바닥에는 희미한 여운이 남았다. 눈을 깜빡거리는 동안 나는 드디어 자각했다. 나와 슌처럼 아버지와 큰아버지도 단단히 이어져 있어서, 언젠가 한날한시에 죽을 것이다. 나는 분명 그렇게 믿었다. 이런저런 옛날 일들을 무시무시한 속도로 떠올리게 된 건 두 사람이 한날한시에 죽지 않았다는 사실의 충격 때문이었다.

뼛조각을 유골함에 담던 직원이 마지막으로 목뼈를 넣었다. 유골함의 뚜껑이 닫히자 아야카가 두 손으로 받아 들었다. 아버지의 유골을 안은 아야카가 앞장서서 수골실을 나섰다. 계단을 내려가 복도를 지나자 홀에서 놀던 아이들은 어디에도 보이지 않았다. 홀을 가로지르는데 창문 끝으로 세토대교가 보였다. 갑자기 아버지가 돌아가신 것 같은 생각에 눈물이 났다.

§

이 열차는 정시에 아타미역을 통과하고 있습니다.

열차 안내 방송에 깨서 옆을 보니 어머니는 미간을 찌푸린 채 잠꼬대를 하고 있었다. 두 시간 전쯤 할머니가 "다음번엔 49재에 유골 안치할 때 보겠네. 교토는 추우니까 따뜻하게 입고 오거라"라는 말을 남기고 교토역에서 내렸다.

창밖으로 멀어지는 할머니의 뒷모습을 보고 난 뒤 어머니는 "피곤하네" 하고 좌석을 최대한으로 젖히고 곧바로 잠들었다.

할머니가 떠난 자리에는 어느새 회사원처럼 보이는 낯선 중년 남성이 앉아 있었다. 어머니는 오카야마역에서 산 도시락을 테이블 위에 놓고 자세도 바꾸지 않고 잠들어 있었다. 안도 최근 며칠간 푹 자고 있다. 씌었던 것이 떨어져 나간 듯 편안하게 숨 쉬고 있다. 나도 편안한 기분이었다. 수골실에서 그 새하얀 뼈를 보았을 때, 큰아버지가 태어날 때부터 지니고 있던 기묘한 고통이 작열하는 불로 씻겨 나간 듯한 느낌이 들었다.

지금도 그 후련한 기분이 어딘가에 남아 있지만, 그때 조금 신기한 일이 있었다. 수골실에서 뼈를 주워 담을 때였다. 큰아버지의 뼈를 아버지에게서 건네받으려는 순간, 아버지가 해골처럼 보였다. 뼈를 젓가락으로 집는 아버지의 손가락에는 피부도, 살도 없었다. 아버지의 손가락과 손바닥도, 그저 관절이 불거진 가느다란 뼈뿐이었고, 아버지는 그 뼈만 있는 손을 능숙하게 놀려서 젓가락으로 큰아버지의 뼈를 주웠다. 손가락에서부터 아버지를 따라가다 보면, 아래팔을 이루는 하얀 두 개의 뼈, 굵은 위팔뼈, 완만한 곡선을 그리는 쇄골, 나무 블록처럼 쌓아 올린 척추, 그 위에 해골이 떨어지지 않고 올려져 있고, 아래턱뼈는 큰아버지보다 더 두드러졌다. 조금 덩치가 있는 해골이 큰아버지의 뼈를 주워 모으고 있었다. 갑자기 무서워져서 나는 손을 뻗어 아버지의 손가락을 잡았다. 결과적으로 내가 잡은 건 큰아버지의 손가락뼈였다. 어머니에게 한소리 듣고 났지만 곧바로 알아차리지 못했다. 멍하니 있는 동안에, 안이 대신 다음 뼈를 받았다. 어느샌가 아버지는 살과 피부를 가진 평소 모습으로 돌아와 있었다.

그런 신기한 체험을 반추하고 있는데 안이 꿈을 꾸기 시작했다. 머리 한구석에서 전망 좋은 높은 곳에 세워진 시설이 떠올랐다. 건물은 아까까지 있던 화장 시설이었는데, 우리가 누운 관이 운구되고 있었다. 낯선 어른과 아이들이 관을 에워싸고 있다. 우리 아이들과 손자들이다. 계속해서 나아가는 카트는 관과 함께 화장로로 들어갔다. 3번이라고 적혀 있는 걸 보면 큰아버지가 화장된 그 화장로다. 아까 뼈를 수습할 때 안은 우리가 죽었을 때를 상상했는데, 그 전후에 있었던 일을 다시 꿈에서 보고 있는 것이다. 다 타 버린 우리의 뼈를 아이들이 수습하고 있다.

아이를 낳을 수 없는 몸이라는 선고를 받은 건 고등학 생 때였다. 난소는 정상적으로 작동하고 있어 수정은 가능 하지만, 둘로 나뉜 이 자궁에서는 태아를 키울 수 없다고 했다.

조금 전 안의 사고를 빌리자면, 양의 생식기를 가진 남 성과 음의 생식기를 가진 여성은 음양도의 관계인 것 같다. 양쪽 다 혼자서는 아이를 낳을 수 없는 불완전한 존재라 단 단히 생식기를 맞물렸을 때만 완성체가 되어 생식할 수 있 다. 다만 남성은 튀어나오기만 하고 오목하지 않고, 여성은 오목하기만 하고 튀어나오지 않아서 일방적인 관계이므로 음양도라도 기형적이고 불완전한 음양도가 된다. 그런 원 시적이고 촌스러운 관계성은 필요없다. 우리는 이미 완성 형이니까. 그것이 안이 내린 다소 억지스러운 결론이었다.

하지만 꿈속에서 안은 아이를 낳았다. 안이 타협할 리 가 없으니, 이 아이들은 우리 둘의 아이다. 안이 아버지이고 내가 어머니이고, 또한 내가 아버지이고 안이 어머니인 것이다. 아니, 우리는 아버지와 어머니로 나뉘지 않는다. 단성생식이다. 안이 그런 꿈을 꾸는 까닭에 언젠가 정말 배가 불러와 우리의 아이가 태어날지도 모른다는 생각이 든다. 결합쌍둥이 같은 아이도 있고, 단생아 같은 아이도 있다. 아이들이 우리의 뼈를 수습하는 모습을 바라보고 있는 동안 안은 깊은 잠에 빠져들었는지, 아이들이 유골함을 품에 안을 무렵 꿈은 끊어졌고, 내가 대신 그다음을 상상했다.

상상하던 나는 당혹감을 느꼈다. 우리가 죽으면 사망진단서가 두 장 발급될까. 그때 부모님이 살아 계신다면 좋겠지만, 두 분 다 계시지 않으면 아이들은 우리 뒷수습을 잘할 수 있을까. 과거 우리가 태어났을 때 의사가 그려준, 둘이서 한 사람을 뜻하는 그림과 결합쌍둥이 진단서를 가지고 오다와라의 법원과 관공서를 오가게 될지도 모른다.

창문 차양을 올리자 사가미만이 보였다. 하늘을 뒤덮은 새털구름 사이로 강렬한 오후의 햇살이 오렌지빛의 명료한 광선처럼 바다를 비추고 있었다. 출렁이는 파도 사이를 고풍스러운 무늬의 허리띠 같은 진홍색으로 물들였고,

한편 햇빛을 비껴간 파도에서는 바닷빛이 더욱 짙은 감청색으로 깊어져 그윽함을 더했다.

아버지는 큰아버지에게 신장을 이식해주려고 했다. 큰아버지의 장기 중 하나였던 아버지의 장기 중 하나인 신장이 큰아버지에게 이어진다. 음중양에서 양중음으로 한 바퀴. 신장 이식이 이루어졌다면 하나의 음양도가 완성되었을 것이다. 그렇게 생각하니 괜히 웃음이 났다. 아버지가 죽으면 교토의 같은 무덤에 들어가겠지. 그때는 큰아버지의 뼈와 아버지의 뼈를 한데 섞어서 묘지에서 완성시키자.

위아래로 출렁이는 파도를 따라 바뀌는 붉은빛과 푸른빛을 바라보고 있노라니, 우리의 죽음이 한 사람의 죽음으로 취급되어도 큰 문제는 아닐 거라는 생각이 들었다. 한 장의 사망진단서에는 안의 이름만 올라 있어도 된다. 원래 하나의 뼈였으니, 아타미 앞바다에 널리 뿌리는 것도 괜찮을 것 같다.

4

49재 날은 맑았다. 교토역에서 일반 열차로 갈아타 한 시간 뒤에 현 경계에 자리한 역에 도착했다. 큰아버지와 아버지가 자란 집에는 지금 조부모 두 분이 살고 있다.

어머니와 함께 개찰구를 나와 에스컬레이터를 타고 내려가니 신문지로 싼 꽃다발을 품에 안은 할머니가 교차로에서 기다리고 있었다.

우리는 기다리고 있던 택시에 올라탔다.

"날이 맑아서 다행이야."

할머니는 차창 너머의 하늘을 올려다보았다.

"유골 안치하는 날에 비가 많이 오면 큰일이니까."

어머니는 고개를 끄덕이며 추운 듯 양손을 비볐다.

"가쓰히코는 날씨에게 사랑받는 아이였으니까."

24호선에서 왼쪽으로 꺾어 골목으로 들어갔다. 주변은 논밭뿐이었는데 그 끝으로 언덕을 깎아 만든 단지가 보였다. 지난 한 달 동안 특별히 큰아버지를 떠올리는 일은 없었지만, 상복 차림의 할머니를 봐서인지, 아니면 할머니에게 밴 향냄새 때문인지 흐릿하게나마 큰아버지의 얼굴이 떠올랐다. 하지만 그 모습은 여윈 아기, 또는 수술 전 낯빛이 좋지 않은 얼굴로 서서히 변화하다 종국에는 고운 해골이 되었다.

"안, 슌. 옛날에 가족 다 함께 성묘를 갔을 때, 가쓰히코가 이 앞 배수로에 자전거와 함께 빠졌단다."

할머니는 길 끝에 있는, 이제부터 올라야 할 언덕을 가리키며 말을 이었다.

"일고여덟 살 때였나, 여기 언덕을 내려오다가."

그러고는 도로 오른쪽 가장자리에 있는 널찍한 배수로로 손가락을 옮겼다. 언덕에 자리한 주택가에서 내려온 생활하수가 콸콸 흐르고 있었다.

"의외네요. 자전거 탈 것처럼 안 생겼는데. 큰아버지는 다치지 않았어요?"

"앞니가 부러졌는데 유치라서 영구치가 날 때까지 몇 년 동안 계속 이가 빠진 채로 지냈어."

급경사면에 들어서자 택시의 속도가 느려졌다.

"여전히 비탈이 험하네. 어머님, 다니기 힘드시죠."

"퇴직하고는 매주 수요일마다 왔는데. 아버지가 휠체어 신세를 지고 나서는 한 달에 한 번씩 택시로 오간단다."

언덕을 오른 택시는 개방된 주차장에서 멈췄다. 주차되어 있는 자동차들 사이에서 동네 아이들 몇몇이 공놀이를 하고 있다. 묘지에 들어서자 묘비 사이로 20분쯤 먼저 출발했던 할아버지가 보였다.

"왔구나."

할아버지는 휠체어에서 내려 가족묘 기둥 위에 유골함을 안고 앉아 있다. 그 뒤에 있는 아야카는 허리를 굽혀, 깔아놓은 자갈 사이에서 자란 잡초를 뽑고 있었다.

"오셨어요."

가쓰키가 파란 양동이에 물을 담아 돌아왔다.

"고마워. 홀몸도 아닌데 깨끗하게 청소해줘서. 그만 앉아 쉬어."

"괜찮아. 왔을 때부터 깨끗해서 청소할 것도 없었어."

"아, 그래. 지난주에 할아버지와 와서 대충 청소했어. 비가 안 와서 그런가."

할머니는 허리를 굽히더니 꽃다발을 신문지에서 꺼냈다. 국화와 모란, 백일홍, 백합을 잘라 두 개로 나눴다. 손목의 고무줄로 꽃다발을 묶어서 아야카에게 건넸다. 아야카는 묘석의 양쪽에 자리한 꽃병에 꽂았고, 나는 물을 떠서 부었다. 할머니는 남은 국화와 백합을 묶어 묘비 옆의 작은 지장보살에게 바쳤다.

어릴 적 이 묘지를 방문했을 때, 이게 누구의 무덤이냐고 할머니에게 물었지만 알려주지 않았다. 이건 큰아버지의 배 왼쪽, 아버지의 반대편에 있던 아버지의 동생, 태어나지 못하고 죽은 삼촌을 공양하기 위한 묘비라는 걸 안이 알아챘다. 삼촌의 이름이 어디에 쓰여 있지 않을까 해서 지장보살과 그 주변을 살펴보는데, 언덕 위에서 큰어머니가 가사 차림의 승려를 데리고 내려왔다. 유골함을 묘석에 올린 뒤 곧바로 공양이 시작됐다. 독경을 들으며 할머니와 큰어머니의 뒤에서 합장을 하고 고개를 숙였다. 자그마한 지장보살이 시야에 들어왔다. 아버지가 돌아가셨을 때 큰아버지의 유골과 한데 섞으면, 그때는 삼촌도 같이 넣어주자고 안은 생각했다.

독경이 끝나고 승려가 물러나자 할머니가 묘석에서 유골함을 꺼내 할아버지에게 건넸다. 가쓰키가 묘석을 앞쪽으로 옮기자 묘비 아래에서 어둑한 입구가 나타났다. 사방 1미터쯤 되는 납골실을 햇살이 희미하게 비추자 납골함이 빽빽하게 늘어선 선반이 어슴푸레 보였다. 수십 년 전, 혹은 100년도 전에 돌아가신 조상들의 것이라고 생각하니 의식이 하늘을 향해 뻗어 가는 기분이 들었다.

"이곳이 가득 차면 어떻게 하죠?"

안이 손으로 가리키며 물었다.

"가장 오래된 뼈를 이 아래에 뿌려서 흙으로 돌려보내야지."

할아버지는 유골함을 안으며 온화하게 말을 이었다.

"이제 안치하자."

다리가 불편한 할아버지는 당연히 유골함을 건네주려고 주변을 둘러보았다. 모두가 서로를 마주 보았다.

"와카히코는 아직이냐?"

할아버지가 나지막이 물었다.

"아직 시즈오카에서 일하는 중이래요."

순이 한 손에 휴대전화를 들고 대답했다. 그때부터 가족회의를 시작했고 결국 다음 날 아침에 출근해야 하는 가쓰키를 제외하고 내일 다시 모이기로 했다. 묘석을 제자리에 돌려놓고 납골실을 닫았다.

예약한 택시가 오자 큰어머니와 아야카와 가쓰키가 탔다.

"가쓰키, 오늘 고생했다."

할머니는 큰어머니 가족을 배웅하고 나서 우리가 탈 택시로 돌아왔다.

"오늘은 우리가 부쓰마⁺에서 자야 하나?"

유골함을 안고 조수석에 앉은 할아버지가 고개를 틀

✦　仏間, 불상이나 위패를 모신 방.

어 할머니에게 물었다.

"미와하고 아야카는 교토역에 있는 호텔을 예약해놨대요. 가쓰키를 신칸센까지 데려다주고 나서 근처에서 밥 먹고 그곳에서 묵는다네요."

"그래. 그럼 슈퍼에 안 들러도 되겠네. 기사님, 곧바로 집으로 가주시오."

택시는 큰 커브를 돌며 언덕을 내려갔다. 아스팔트가 갈라진 곳 위를 지나자 차가 흔들려서 유골함 뚜껑이 덜컹거렸다.

교토의 본가에 오는 건 중조할아버지가 돌아가신 뒤로 십수 년 만이었다. 잠까지 자는 건 얼마 만일까. 아직 어린애였던 아야카와 놀았던 기억이 나는 걸 보니 벌써 20년도 더 된 일이다.

마지막으로 묵었던 날을 끝으로 2층에 올라가본 적이 없어서 계단의 가파른 경사에 당황했다. 할머니를 따라 오른쪽으로 몸을 살짝 돌려서 계단을 올라갔다. 할머니는 2층에 올라가자마자 나오는 왼쪽 문을 열고 리모컨으로 난방을 켜고 맞은편 방으로 들어갔다.

나는 방 한구석에 보스턴백을 내려놓았다. 종이 상자만 쌓여 있는 빈방이었다. 회벽에는 연한 갈색의 소석회 가루가 쌓여 있었다. 북쪽 창문으로 다가가 불투명 망입網入 유리창을 열자, 검붉은 선로와 그 안쪽으로 대나무 숲이 보였다. 저 선로 근처에서 죽은 동물의 뼈를 발견했던 기억이 난다. 방의 퀴퀴한 공기가 저녁의 맑은 공기로 바뀌어갔다.

"잠시 열어두렴."

할머니가 이불을 들고 돌아왔다.

"안, 책 좋아하지? 저쪽 상자에 책이 들어 있는데 보고 마음에 드는 책이 있으면 모아서 보내주마."

이불을 털썩 내려놓고 할머니는 한숨을 푹 내쉬었다.

"엄마한테서 무슨 얘기 들었니?"

할머니는 이불을 펴며 물었다.

"무슨 얘기가 뭔데요?"

"유산 말이야."

"못 들었어요. 그게 뭐예요?"

아까 따로 택시를 탈 때 할머니는 큰어머니에게서 큰아버지의 유언장에 대해 들은 모양이다. 유언장에는 법정

상속인이 아닌 아버지의 이름도 올라 있었고, 유산 일부를 주겠다는 내용이 적혀 있었다고 한다.

"아버지한테요?"

"그렇다는구나. 큰어머니가 너희 부모님한테는 아직 말 안 했나 보다."

"그럴지도요."

"내일 직접 말하겠지."

큰아버지는 오카야마의 대학에서 철학과 교수로 교편을 잡았을 뿐, 자산가는 아니었기에 대단한 금액의 유산을 남긴 건 아니다. 그 대부분은 가족에게 상속되니, 아버지의 몫은 100만 엔도 안 되는 금액이라고 한다.

"아직 말하지 말고."

"네."

할머니는 무릎을 꿇고 반대쪽으로 돌아서서 시트를 힘껏 당겼다.

"전기담요는?"

"괜찮아요."

전기담요를 덮고 자면 아침에 잘 일어나지 못하는 안

이 곧바로 고개를 저었다.

"일단 두고 갈 테니까 추우면 덮고."

담요에 이불까지 덮어놓고 나서 할머니는 계단을 내려갔다.

3단으로 쌓인 상자가 두 줄로 늘어서 있었다. 맨 위의 상자에는 난해한 제목의 책이 가득 차 있었다. 영어와 독일어로 된 책도 있다. 안은 윗단의 상자를 바닥에 내려서 이불 곁으로 끌고 왔다.

"같은 책을 읽었네."

안이 집어 든 건 《순수이성비판》이었다. 과거에 읽은 기억이 있다. 안은 그리움에 젖어 책장을 넘기기 시작했다. 곳곳에 그어진 밑줄을 보고 열심히 읽은 책이라는 걸 알 수 있었다. 개중에는 얇은 볼펜으로 적은 메모도 있었는데, 큰아버지의 손 글씨를 본 건 처음이었다. 니시다 기타로의 《선善의 연구》 밑에는 《살아가는 의지로서의 신화》, 그 밑에서는 《양자역학 서론》《양자와 정신의학》 등 장르를 초월한 다양한 책들이 나왔다. 안이 모르는 책도 많다. 젊은 시절에 시한부 선고를 받고 몇 번이나 수술을 받았던 큰아버지니까 생각할 것도 시간도 많았을 것이다.

　가장 밑에 있던 책은 도감이었다. 마분지 재질의 두툼한 책을 꺼내서 이불 위에 놓았다. 엎드려서 컬러 페이지를 넘기다 보니 색연필로 칠해진 일본 지도가 나왔다. 천문 22년(1553년)이라고 적힌 지도는 전국시대의 것이었는데, 서른 개는 더 되는 각 영지들이 두 가지 색의 형광펜으로 칠해져 있었다. 초록색은 정성껏 영토의 경계를 따라 칠했지만 파란색은 엉망진창으로 칠해져 있었다. 형제끼리 땅따먹기 놀이라도 했겠지. 아버지가 파란색이었던 건 틀림없었다. 크기를 한눈에 볼 수 있는 공룡 페이지에도 그런 놀이를 한 흔적이 있었다.

　책장을 넘기다 보니 책의 중간쯤에서 인체도가 나왔다. 두 팔을 펼친 인간 속에 자리한 폐와 심장, 위와 간 등의 장기가 훤히 보였다. 나는 안에게 물었다.

　"내장을 넘길 수 있으면 뭘로 할 거야?"

　"우선 턱 줄게."

　안은 가져온 보스턴백에서 메모지를 꺼내 주황색 포스트잇을 턱에 붙였다.

"내가 씹는 역할이야? 그럼 안한테는 장을 줘야지."

배를 한 바퀴 도는 모양의 대장 아랫부분, 항문 바로 위에 자리한 직장에 파란색 포스트잇을 붙였다.

"직장? 앞으로 계속 큰 거 밀어내라고?"

"그래. 아, 그리고 소변 참는 것도."

"그건 방광 아냐?"

"그런가."

"순한테는 방광 줄게."

나는 오렌지색 포스트잇을 방광에 붙였다. 문득 불길한 예감처럼 등줄기에 오한이 들었다. 안이 일어나 몇 센티미터쯤 열어두었던 창문을 닫았다.

도감을 덮고 다른 것들과 함께 골판지 상자에 다시 넣었다. 마음에 드는 책 몇 권을 벽 쪽에 쌓아둔 뒤 안은 수확에 기뻐하며 이번에는 두 번째 단에 있는 종이 상자를 열어 두툼한 책등의 《양자역학―거시적 세계에서의 실재성과 비실재성》을 집어 들었다. 표지에는 파동방정식 여러 개가 적혀 있었다. 안은 펄럭펄럭 책장을 넘기며 큰아버지가 밑줄을 친 부분이나 깨알같이 적어놓은 메모만 골라 읽었다.

양자의 얽힘, 실재성의 파열, 거시 세계에서의 비실재성의
성립, 레깃-가그 부등식, 불확정성 원리, 상태의 중첩. 서서
히 몰입하는 안의 사고에 몸을 맡기며 나는 담요를 다리에
덮었다. 침을 삼키자 목에 통증이 느껴졌다. 안은 문고판
《존재의 기도》와 사륙판《신장내과 전문의가 설명하는 신
장병》등 차례차례 새로운 책을 집어 큰아버지가 읽은 흔적
을 따라갔다. 정수리의 해방, 방사선 공간, 존재의 진동, 수
신자의 부재, 신우, 헨레 고리와 그에 의한 소변 농축, 신장
이식, 일란성 쌍둥이 사이에서는 거부 반응이 일어나지 않
는다. 뇌 속에서 큰아버지가 남긴 말이 울려 퍼진다. 안이
혼자서 하는 생각들의 의미는 알 수 없었지만, 정수리 조금
위쪽이 간질거리고 뭔가 삐걱거리는 소리가 난다. 안이 어
떠한 번뜩임을 느끼고 있었다. 불경이나 만트라처럼 말은
반복되었고, 오한을 느낀 나는 난방을 30도까지 올렸다.

　　그러자 안이 탁 책을 덮었고 그때 장지문이 열렸다.

　　"밥 다 됐다."

　　계단에 선 할머니가 상반신만 들이밀며 주름진 미소를
지었다.

"아, 배고프다."

안이 책을 바닥에 내려놓고 일어나자 할머니는 반색하며 삐걱거리는 소리와 함께 계단을 내려갔다. 해가 완전히 저물어 창밖은 어두웠다. 보스턴백에서 카디건을 꺼내걸쳤다. 계단을 내려가는 동안 침을 연신 삼킬 때마다 아픈 걸 보면 목감기에 걸린 모양이다. 부모님 말로는 대여섯 살 때부터 매년 편도선이 붓고 고열이 났다고 한다. 지금도 1년에 한 번, 대체로 겨울이 끝나고 봄이 시작될 무렵에 컨디션이 나빠지며 편도염 특유의 고열에 시달린다. 정신이 몽롱해질 정도의 심한 열인데, 그때마다 모든 것이 엉망진창으로 뒤섞인다. 고름이 차서 옆으로 튀어나와 목을 반쯤 덮은 적도 있다. 그때는 병원에서 주사기로 고름을 빼냈다.

항상 오른쪽만 붓고 나만 유난히 아팠기에, 안은 이 편도염이 내 탓이라고 단정 지었다. 고등학생 시절에는 목이 갈라져 있었으면 나는 상관없이 잘 지냈을 텐데, 하고 자주 싫은 소리를 했다.

계단을 내려가자 오른쪽 부쓰마에서 희미한 불빛이 느껴졌다. 조명이 꺼진 부쓰마에 들어서자 어스름 속에서 홀로 하얗게 자리한 오동나무 서랍장이 보였고, 장뇌樟腦 향이 코를 자극했다. 구석에 있는 불단에는 촛불을 켜놓았고, 청자 향로에는 향을 세 개 피워놓았다. 유골함은 공양대에 놓여 있었는데, 흰 도기가 주황색 촛불 빛으로 물들어 있었다. 제기에 담긴 흰 쌀밥에서 살며시 피어오른 하얀 김에 촛불의 주황색 빛이 일렁이고 있었다. 그 김에 오른손을 넣자 손바닥에서 치지직 하고 미세한 알갱이가 튀면서 타오르는 느낌이 들었다. 귀를 기울이자 조용히 타는 소리가 손바닥에 느껴졌다.

그 소리에 집중하고 있는데 안이 발길을 돌렸다. 나는 내키지 않았지만 안은 복도에 감도는 전골 냄새를 맡으며 서둘러 걸어갔다. 그 끝에서 떠들썩한 소리가 들려왔다.

다다미가 깔린 거실에는 이미 조부모님과 어머니가 식탁에 둘러앉아 있었다. 끓는 냄비 속에서 쑥갓이 경련하듯 움직이고 있었다. 식탁에 앉자 단번에 몸이 무거워졌다. 식물처럼 가만히 앉아 있으니 콧김에 열기가 섞이기 시작했다. 체감으로는 미열 정도였지만 대체로 밤이 깊어지면 편도염은 고열로 바뀐다.

"대충 마무리됐네. 좀 쉬자."

"너희들도 고생했다. 장례 치르는 것도 일이네."

"아버님, 어머님, 고생 많으셨습니다."

할머니는 병맥주를 기울여 작은 잔에 맥주를 따랐다. 방구석의 다기 수납장과 선반의 그늘은 어두웠지만 형광등 갓 아래는 한층 밝아서, 세 사람 다 유난히 얼굴이 벌겋다. 끓는 냄비의 열기 때문인지 마치 술을 여러 잔 마시고 흥분한 것처럼 보였다.

밖에서는 술을 마시지 않는 어머니가 잔을 기울였고, 전혀 술을 마시지 않는 안도 잔을 들고 맥주를 쭉 들이켠다. 안은 그렇게까지 목이 아프지는 않은지 전골에서 채소를 건져 입에 넣었다.

"아, 맛있다. 나는 참깨소스가 좋은데 오늘은 폰즈가 맛있네."

안은 돼지고기를 폰즈소스에 찍어서 입에 넣고 맥주를 마셨다. 음식을 넘길 때마다 목이 아파서 나는 기진맥진했다. 술기운도 나만 오르는 듯 점점 정신이 멍해져서 먹고 마시는 안을 말릴 수 없었다. 결국 포기한 나는 안에게 모두 맡기기로 했다.

　저녁 식사가 끝나자 안은 캔맥주를 들고 계단을 올라 갔다. 살짝 열린 오른쪽 장지문을 통해 컴컴한 방에 계단의 전구 불빛이 새어 들었다. 주황색 불빛에 이불과 어머니의 가방이 언뜻 보였다.

　방으로 돌아온 안은 옆에 있는 상자에서 책 몇 권을 꺼내 이불 위에 드러누웠다. 침을 삼키니 목이 심하게 아팠지만 안은 아랑곳하지 않고 맥주를 마셨다. 취기와 미열로 의식이 몽롱해져서 글자는 단순한 모양이 되었다. 졸음이 몰려와 꾸벅꾸벅 졸았다.

　정신을 차려보니 불이 꺼져 있었고 이불을 가슴까지 올려 덮고 있었다. 아래층에서 들리던 할머니와 어머니의 말소리도 지금은 들리지 않았다. 정적에 휩싸인 가운데 귀를 찢는 듯한 이명이 들렸다. 삿된 것을 쫓기 위한 활시위가 묵직한 저음으로 울리듯, 흔들리는 울림은 위엄 있는 목소리처럼 들렸다. ……은…… 있다……. 멀리서 부르는 듯한 그 소리는 의식을 집중하자 차례로 목소리가 되어 똑똑히 들렸다.

……이 육신이 썩어 없어질 때, 당신들은 나의 죽음을 슬퍼하겠지……. 그러나 나는 내 주위에 모여 내 죽음을 애도하며 눈물 흘리는 당신들을 보고 슬퍼할 것이다……. 나는 이 육신의 죽음을 체험하지 못할 것이다……. 육신이 죽는 순간, 나는 이미 그 육신 곁에서 관찰자가 되어 있다……. 당신들이 죽은 나를 바라보듯, 나 역시 그 시신을 바라보겠지…….

갑자기 몸속이 차가워지면서 열과 권태감도 사라졌다. 열이 내리자 몽롱했던 의식이 맑아졌다. 묘한 각성 상태로 바뀌며 목소리만 더욱더 크게 울려 퍼진다.

……죽음은 주관적으로 체험할 수 없는 객관적인 사실이다……. 죽어가는 과정과 그 고통은 체험할 수 있어도 죽음 그 자체를 체험할 수는 없다……. 당신들은 죽을 수 없고, 죽은 자신의 몸을 볼 수 있을 뿐이다……. 육신의 죽음에 의식을 동조시켜서는 안 된다……. 피와 살은 당신에게 아무것도 아니다……. 마음과 생각도 당신에게 아무것도 아니다…….

들리는 목소리는 점점 장엄함을 더해 울려 퍼진다. 어

떠한 음계에 도달하면 계시처럼 직접 스며든다. 불운한 몸
으로 자랐났기에 피나 살, 마음과 생각도 나 자신이 아니라
는 건 이미 잘 알고 있다. 그 때문인지 목소리는 고막을 울
리는 것이 아니라 나 자신이 진동하는 것처럼 울려 퍼져서
마치 내가 말하는 것 같았다.

……당신들이 진정으로 두려워하는 건 의식의 죽음
이다……. 육신의 죽음은 의식의 죽음과는 아무 상관도 없
다……. 오히려 의식의 죽음은 살아 있는 동안에 일어난
다……. 그러나 잊지 말라……. 의식의 죽음을 두려워하는
건 당신이 아니라 의식 그 자체이다……. 생과 사는 의식이
자신의 붕괴를 막기 위해 만들어낸 최대의 오류이다…….
그것도 뇌와 심장에 지독하게 유착된 의식이 만들어낸 오
류이다……. 살아 있으면서 죽음을 체험할 수 있다면, 당
신은 생과 사의 틈새에 들어선다……. 당신들이 그것을
원한다면, 당신들 역시 그렇게 될 것이다……. 두려워 말
라…….

문득 아래를 보았다. 누워 있던 내 밑에서 책등과 거기
에서 빠져나온 내 얼굴이 보인다. 이불에 드러누운 안의 표

정은 읽을 수 없었고, 책등의 글자도 일본어 같았지만 읽을 수 없었다. 안이 무슨 책을 읽고 있는지 모르겠지만 내용으로 봐서는 선禪 책이거나, 또는 바가바드 기타, 아니면 종교서겠지. 어두컴컴한 방에서 안은 그것을 열심히 읽고 있었다. 영상이 다시 떠올랐다. 한 사람이 주변의 젊은 사람들에게 말을 건네고 있다. 원의 중심에서 가부좌를 튼 그 사람이 동양인이라는 것을 알 수 있을 정도로 선명하게 보인 걸 보면, 읽는 책에 그런 사진이나 그림이 있는 게 틀림없었다. 흔들림 없는 그 광경이 안에게서 흘러나왔다.

　나 혼자 잠들었고, 안은 일어나 계속 책을 읽고 있다. 그렇다면 그것을 보고 있는 나는 누구일까. 아니면, 잠든 내가 안이 책을 읽는 꿈을 꾸는 것일까. 꿈인지 아닌지 확인하려고 손을 뻗어 그 책을 집어 들려고 했다. 몸이 전혀 움직이지 않는다. 안은 누운 자세로 두 손을 뻗어 책을 들고 있다. 역시 나는 자고 있는데 안이 책을 읽는 꿈을 꾸고 있는 것일까. 그러나 자고 있는데도 의식은 이렇게도 맑다. 몸이 움직이지 않는다기보다는 몸에 감각이 없다. 이상한 계시가 나를 수면과 각성의 틈새에 가둬버린 것일까. 아니면 자각몽이나 가위눌림일까. 어떻게 해야 할지 당혹스러워하는 순간, 호흡으로 인해 몸 어느 곳도 부풀거나 오그라들지 않는다는 것을 깨달았다. 호흡을 하지 않고 있었던 것이다. 그 순간 직감했다. 죽었다. 책을 든 채 우리는 죽었다. 특수한 몸이라 해도, 튼튼한 내장을 가졌고 지금까지 큰 병을 앓은 적도 없는 젊은 우리가 왜 죽은 걸까. 목감기에 걸렸을 때 술을 마신 게 사인일 리는 없으니 몸에 무슨 일이 생긴 것이다. 몸에 숨이 들어오는 곳이 없었고, 나가는 곳도 없었다. 공기가 드나들지 않고 수축하거나 이완되는 곳이 없었다. 맥박이 뛰지 않고, 추위도 더위도 느껴지지 않았다. 좌우지간 심장과 호흡이 갑자기 멈춰서 팔을 뻗어 책을 든 채로 굳어 있다. 몸에서 소리가 나지 않는 경험은 난생처음이었다. 죽은 듯 조용한 걸 보니 죽은 것이다. 그러자 어딘가에서 희미하게 숨소리가 들렸다. 귀를 기울이자 길고 차분한 숨소리가 들려왔다. 숨을 쉬고 있으니 죽은 건 아니다. 깊고 차분한 복식호흡이다. 그렇다면 감기와 취기, 계시 때문에 정신이 어떻게 된 걸까? 편안한 리듬의 숨소리를 듣고 있다가 내가 완전히 잘못 알고 있다는 것을 알았다. 이건 안이 집중할 때의 호흡 리듬이었다. 요컨대, 모르는 새에 나 혼자 죽은 건가? 내 조금 아래에서 편안하게 호흡하며 책에 몰입하는 안을 남겨두고 나만 죽었다고? 실제로 내 몸의 무엇도 그 호흡에 맞추어 수축 이완하지 않으니 내 호흡은 아니다. 일단 죽었다고 생각하니 묘하게 냉정해졌다. 내가 없어도 몸은 아무 문제도 없다. 안이 있으면 몸은 계속해서 존재할 수 있다. 몸이 하나도 존재하지 않는 이 느낌, 또는 몸에 내가 부재하는 감각이 낯설지 않았다. 존재를 실감하지 못하는 이 감각은 과거에 경험한 적이 있다.

태어나서 다섯 살이 될 때까지 나는 한마디도 하지 못해서 사람들은 나의 존재를 인식하지 못했다. 이름도 없었고, 부모님조차 내 조금 옆에다 말을 걸었다. 그렇게 계속 무시당하다가 안이 나를 찾아낸 건 유치원 졸업까지 반년이 채 남지 않은 무렵이었다.

주변 사람들이 내 존재를 인식하지 못했던 것처럼 나 역시 당시 자신이 존재한다는 사실을 잘 느끼지 못했다. 몸은 안이 움직였고, 감정도 안이 표현하는 것이었기에 '나'를 실감하게 하는 것은 아무것도 없었다.

안, 안.

부르는 소리를 들으면 누가 부르는지 금방 알 수 있다. 나를 바라보며 안이라고 부르는 사람은 오직 한 명뿐이다.

유치원에 다닐 때, 한 달에 몇 번 있는 어머니의 야근 날 밤에는 함께 살던 도시 외할머니가 안을 돌봤다. 어머니와 달리 할머니가 재우면 안은 금방 잠들었다. 안이 먼저 잠든 걸 확인하면 나는 몸을 조금씩 움직여보았다. 늘 자동으로 움직이는 몸을 스스로 움직이는 건 기묘한 느낌이었다. 남이 덥혀놓은 옷을 입는 듯, 불쾌한 익숙함이 있었다.

외할머니의 옆구리를 차가운 손가락으로 찌르면,

"차가워라."

할머니는 눈을 동그랗게 뜨고 놀랐다.

"안아, 그러지 마."

내 존재를 모르는 걸 구실로 몇 번이고 장난을 쳤다.

"그만하라니까."

치매 초기였던 외할머니는 몇 번을 찔러도 똑같이 놀랐고, 나는 그 얼굴을 보고는 키득거렸다. 웃다가 지쳐 잠이 오면 외할머니의 허벅지 사이로 차가운 발을 밀어 넣었다. 외할머니는 주름진 눈가에 미소를 지으며 나를 꼭 껴안아 따뜻하게 덥혀주었다.

당시 내가 유일하게 소리를 냈던 건 한밤중에 이불 속에서 외할머니의 동그란 눈에 크게 웃었던 그때뿐이었다. 웃으면 몸 구석구석에 내가 번져가는 감각이 있었다. 세포 하나하나까지 내가 스며들면 그제야 내가 지금 여기에 있다는 실감이 들었다. 안이 잠든 후 내가 잠들기까지의 10분, 그 시간 동안만 내 존재를 확실히 실감할 수 있었다.

그러나 이튿날 아침이 되면 나는 다시 혼돈에 반쯤 녹아 흐릿해진다. 움직여지는 몸으로 돌아와, 영화라도 보듯 움직이는 풍경을 멍하니 바라볼 뿐이었다.

다섯 살 때의 어느 순간에 안이 나를 찾아냈다. 그로부터 부모님이 나의 출생신고서를 한 장 더 추가했지만, 그즈음에 외할머니는 일상생활에 지장을 줄 정도로 치매가 진행된 상태였다. 처음에는 주말에만 시설에 맡겼지만, 곧 그 횟수가 늘어나고 언제부터인가 외할머니는 돌아오지 않았다. 그때부터는 가족과 함께 시설을 방문했을 때만 외할머니와 만날 수 있었다. 중학교에 올라가기 전에 딱 한 번 부모님께는 비밀로 하고 만나러 간 적이 있었다.

그날 어머니는 오후부터 아르바이트가 있었다. 어머니가 세면대에서 화장하는 틈을 타서 나는 부엌에 내버려둔 어머니 지갑에서 버스 회수권을 훔쳤다. 내가 돌발적으로 지갑을 집어 빠르게 회수권을 꺼내는 동안 안은 놀라서 숨을 죽이고 있었다.

회수권을 주머니에 쑤셔 넣고 현관을 나서자,

"이럼 안 돼, 들켜도 난 몰라. 안 된다고."

안은 끈질기게 속삭였다. 주택가를 빠져나와 시내로 가는 버스 정류장에 도착할 때까지 걷는 리듬에 맞춰 주문처럼 같은 말을 되뇌었다.

"이러면 안 되는데, 안 되는데."

괜히 기분이 고양된 나는 콧노래를 흥얼거리며 언덕길을 내려갔다. 하지만 버스 정류장의 파란색 벤치에 앉자,

"어디 가려고? 회수권 좀 보여줘봐."

안은 버스 회수권을 빤히 보기 시작했다.

"이 회수권은 추가 요금 없이 탈 수 있는 거네. 멀리 가

는 게 이득이야. 종점까지 가자. 스티커 사진 찍자."

안은 신이 나서 버스 시간표를 훑어보기 시작했다. 역으로 가는 버스는 3분 뒤에 도착한다. 회수권은 물론이거니와 기분까지 함께 빼앗긴 나는 회수권을 도로 가져와 주머니에 넣었다.

"내가 훔쳤으니까 내 거야."

"누가 쓰든 마찬가지잖아."

안은 히죽거리며 입꼬리를 올렸다. 나는 반사적으로 일어나 마침 눈에 들어온 맞은편의 버스 정류장을 향해 찻길을 건넜다.

시내로 가는 버스 정류장과 달리 교외로 나가는 버스 정류장은 황량했다. 잡초 사이에 조그맣게 자리한 공간에 자갈이 깔려 있었고, 그 위에 놓인 피라미드형 콘크리트 덩어리에 시간표가 꽂혀 있다. 항상 여기서 내리기만 했지 버스를 타려고 기다린 적은 없었다.

"거긴 놀 데도 없어."

역으로 가자는 안을 무시하고 콘크리트를 넘고 있는 동안, 건너편 버스 정류장에 'JR히라쓰카역'이라고 표시된 버스가 왔다.

"아, 가버렸잖아."

그냥 지나가버리는 버스를 바라보고 있는데, 같은 색의 버스가 맞은편에서 나타나 이쪽으로 다가왔다. 가까이 가니 버스는 처음 보는 표정을 하고 있었다. 정류장에서 1미터나 지나서 멈춰 선 버스에서는 문이 열려도 아무도 내리지 않았고, 나는 빨려 들어가듯 버스에 탔다. 맨 뒤 좌석 앞에서 몸을 굽혀 얼굴만 내밀고 창밖을 내다봤다.

풍경이 평소와는 반대쪽으로 흘러가자 심장이 갑자기 두근거렸다.

"이거 어디로 가는 거야?"

안의 속삭임에 심장이 더욱더 세차게 뛰었다. 두 정류장쯤 지나 주택가에서 빠져나왔다. 버스는 논 사이를 지나 가나메가와강 상류를 향해 나아갔다. 잠시 달리다 신호에 걸려 다리 위에서 멈췄다.

"시노노메 다리인가?"

"시노노메 다리는 역 쪽이고. 이 다리, 본 적이 있는데."

"아, 할머니 집에 갈 때 건너던 다리야."

이름 모를 다리를 건너자 논과 드문드문 자리한 주택이 길 양쪽으로 이어졌다. 잠시 후 산길에 들어서자 주택은 자취를 감추고 숲만 남았다. 불안한 마음에 뒤를 돌아보았다.

"자위대 차다."

안이 신난 듯 소리를 내며 손가락질을 했다. 자위대의 위장 무늬 지프가 뒤에서 거리를 좁혀오고 있었다. 나무들이 끝나는 곳에서 노란색의 커다란 병원 간판을 발견한 안은 곧바로 하차 버튼을 눌렀다.

버스는 정류장 말고는 아무것도 없는 곳에서 멈췄다. 버스에서 내려 온 길을 따라가자 이내 노란색 간판이 있는 곳까지 돌아왔다. 간판에 적힌 병원까지 가는 길을 머리에 새기며 샛길로 들어섰다. 곧바로 익숙한 언덕길이 나왔고, 언덕을 오르다 보니 요양시설의 지붕이 보이기 시작했다.

시설에 들어선 안은 멈추지 않고 철제 계단을 펄쩍 두 단 뛰어서 올라갔다. 2층 현관 입구에 있는 접수처의 작은 창문을 통해 밖을 내다본 직원이 뭔가를 떠올린 듯 고개를 끄덕이고 책상 아래를 뒤적이더니, 어머니에게 그랬던 것처럼 귀찮아하는 기색으로 출입증과 열쇠 세 개를 내밀었다.

대기실을 가로질러 안쪽으로 들어가면 긴 복도가 나온다. 복도 벽에는 포스터가 일정한 간격으로 붙어 있었다.

'입소자, 장수 랭킹'

이라는 제목의 포스터에는 이름과 세 자리 숫자가 열 개 정도 나열되어 있었다. 그 1미터 옆에는 '목표-구속 0'이라는 포스터가 붙어 있었고, 그 옆의 포스터는 젊은 여성의 흑백사진을 확대한 것이었다.

"이거 할머니 아닐까?"

'누구의 젊은 시절일까?'라는 포스터의 제목을 가리켰다.

"할머니 코는 이렇게 안 커."

내가 고개를 젓자 안은 복도를 달려가서 막다른 곳에서 멈췄다. 유리문을 열고 구름다리로 나갔다. 양쪽 손잡이에서 천장까지 쇠창살이 설치되어 있었다. 그 차가운 틈새로 그을린 냄새가 났다. 멀리 보이는 밭에서 잡초를 태우고 있다. 새를 쫓는 총성이 울려 퍼졌다.

다리 끝에는 벽 같은 은색 문이 있었다. 기다란 열쇠를 꽂자 찰칵 맞물리는 소리가 났지만, 문은 아직 잠겨 있는 것처럼 묵직했다.

"여엉차."

체중을 실어 몇 번 몸을 흔들자 휙 하고 공기가 빠져
나가며 단번에 문이 열렸다. 나무 무늬 바닥과 벽이 펼쳐진
실내에서는 따뜻한 냄새가 났다. 인사를 하고 간호사실을
지나쳤다. 복도 맞은편 방이 활짝 열려 있다. 복도에서 방
안쪽이 훤히 들여다보였는데, 산소마스크를 쓴 노인이 누
워 있었다. 어머니가 이곳으로 옮겨진 사람부터 죽어 나간
다고 했던 방이다. 앞으로 걸어가자 외할머니가 복도로 나
왔다.

"우리 왔는지 어떻게 알았어요?"

"아이 발소리가 나서."

발소리를 구분할 수 있는 모양이다. 외할머니는 집에
서 즐겨 입던, 굵은 실로 뜬 조끼를 걸치고 있었다. 머리맡
선반에는 반야심경 경문이 놓여 있었고, 방에서는 향냄새
가 났다.

"잘 왔다, 잘 왔어."

친딸과 사위를 이미 잊어버린 외할머니는 손녀 혼자

온 것에 아무 의문도 품지 않았다.

"배고프지?"

천천히 소리 없는 박수를 치고 나서 외할머니는 선반에서 포장지가 벗겨진 만주를 꺼내 내밀었다.

"어여 먹어, 어여 먹어."

벽에는 후지산 달력이 걸려 있었다. 안이 눈 덮인 새하얀 영봉을 가리켰다.

"또 12월이네."

항상 달력은 12월에 멈춰 있었다.

"아름다운 후지산이란다."

동향인 이 방에서는 후지산이 보이지 않았다. 외할머니가 달력 속 후지산의 자태를 홀린 듯 바라보는 동안 안은 만주를 주머니에 집어넣었다.

"배고프지?"

외할머니는 다시 선반을 뒤졌다. 아랫단에 놓인 외출용 신발에 손을 뻗어 오른쪽에서 만주를 꺼내 당당하게 건네준다. 안은 곰팡이가 핀 부분을 피해 요령 있게 만주를 집었다.

"어여 먹어. 우리 손녀가 왔어, 손녀."

복도를 지나는 사람을 불러서 둥근 철제 의자에 앉은 우리를 자랑스럽게 소개한다.

"이름이 뭐냐고?"

외할머니는 순간 동작을 멈췄다가 나를 보며 미소 지었다.

"안이야, 안."

방에는 사람들이 번갈아 들어왔다. 환영해주지는 않았지만 딱히 수상쩍어하지 않는 얼굴로 들여다본다. 피부 각질층이라도 보는 것 같은 눈빛, 얼굴 안쪽을 바라보는 눈빛. 그런 눈빛에 익숙해질 무렵에는 논밭이 저녁노을에 물들기 시작했다.

"이만 가볼게요."

철제 의자에서 일어났다. 지친 외할머니는 꾸벅꾸벅 졸고 있었다. 침대에 기댄 외할머니에게 복도에서 손을 흔들며 작별 인사를 했다.

병원에서 나오니 타는 냄새가 나서 갑자기 심장이 두근거리기 시작했다. 타앙, 새 쫓는 총소리가 하늘에 울려 퍼지자 우리는 냅다 달려서 언덕을 내려갔다.

기진맥진한 우리는 돌아오는 버스에 타자마자 곧바로 잠들었다. 집 근처까지 왔을 때 깨서, 다리를 건너는 버스 창문을 열고 썩은 만주를 둘이 하나씩 가나메가와강으로 던져버렸다.

그 뒤로는 요양시설로 가는 버스를 탄 적이 없다. 외할머니는 그로부터 몇 년 후에 돌아가셨으니 다시 탈 일도 없다. 내가 다섯 살 때 발견되어 이름이 붙여졌을 때는 이미 중증 치매였기 때문에 외할머니가 평생 나를 슌이라고 부른 적은 없었다. 그런 건 별 상관 없었다. 그날 밤, 외할머니 옆구리에 손을 넣은 건 안이 아니었다. 외할머니가 둥글둥글한 눈으로 바라보았던 건 나였다.

지금도 우리를 잘 모르는 사람들 중에는 안이라고만 부르는 사람도 많지만, 주변 사람들이 날 찾아내주었으면 했던 건 이름이 없던 그 시절뿐이었다. 그 시절의 나는 존재하지 않는 완전한 방관자였다. 그러나 유치원에 다니던 시절, 방부제 냄새가 나는 흰 빵을 먹을 때 코를 막았던 건, 오른팔에 백신을 맞고 꾹 참았던 건, 송충이를 보며 침을 흘렸던 건, 과연 누구였을까. 다섯 살 이전에는 생각이나 감정, 감각뿐 아니라 우리는 분명 의식조차 말단에서 이어져 있었던 것 같은 기분이 든다.

조금 아래에 있는 안은 새 책에 몰입하고 있다. 다섯 살 이후, 안과 의식 자체는 이어져 있지 않아도, 하나의 몸으로 생각과 감정, 감각을 공유했고, 그것들은 의식과 의식 사이에 끼어 있었다. 하지만 몸을 떠난 지금, 나는 아무런 감각도 느끼지 못했다. 심장의 고동조차 느끼지 못한다. 죽어가는 게 아니라, 이미 죽어 있다. 안도 예전부터 종종 혼자가 되고 싶어 했으니, 잘된 일일지도 모른다. 죽고 나서 비로소 깨달았다. 나는 이유 없이 죽었다. 사람이 죽는 데 반드시 원인이 필요한 건 아니다. 그냥 죽을 때가 되면 죽는 것이다. 몸이 망가져서 죽는 사람도 많겠지만, 이런 몸으로 태어났으니 이유 없이 죽는 게 아니면 한쪽만 먼저 죽을 수는 없다.

안, 안. 나를 부르는 외할머니 목소리가 들린다. 이미 오래전에 죽은 사람의 목소리가 들리는 걸 보면 나도 어엿한 망자다. 이것이 죽음이라면, 이제는 상관없다. 몸이 없으니 아프지도 않고, 심장이 없으니 두려움도 없다. 순수한 의식과 명료한 생각만 존재한다. 뿌리처럼 온몸에 퍼져 있던 내가 정수리에서 떨어져 나오자 감각, 다음으로는 감정이 사라졌다. 마지막으로 정수리 언저리에 있는 이 생각도 사라진다. 의식의 윤곽만이 뚜렷해진다.

큰아버지의 몸속에 머리카락과 뼈와 이와 눈알을 남기고 흡수된 세 번째 동생. 그 삼촌은 아무것도 생각하지 않고, 아무것도 느끼지 않은 채 이렇게 큰아버지 속을 떠돌고 있었을까. 내 의식에 달라붙은 몇 가지 잔재가 저절로 생각을 자아냈다, 기억의 거품이 되어 사라졌다. 지금까지 안과 한날한시에 죽을 거라고 생각했다. 같은 날이 아니라 같은 순간. 심장은 하나밖에 없으니 같은 순간에 죽는 게 당연하다고 생각했다. 한쪽만 죽고 남겨진 한쪽이 홀로 살아가는 상황은 상상조차 하지 못했다. 의사는 어떻게 사망진단서를 쓸까? 혈색 좋은 몸, 계속해서 뛰는 심장과 이어지는 호흡. 무엇 하나도 차갑게 식지 않았다. 사망진단서를 발급한들 관에 무엇을 넣어 장례를 치를 것인가. 펜팔로 주고받은 편지를 넣어도, 화장을 하면 아무것도 남지 않는다. 나의 상징으로 오른손만 잘라내서 태워달라고 하면 이해하기 쉽고 좋을 것 같지만, 오른손이라 해도 나 혼자만의 것은 아니다. 손톱만 뽑아달라고 하는 방법도 있겠지만, 손톱도 역시 화장하면 남지 않을 것이다. 뼈처럼 불길에 견딜 수 있는 걸 찾아달라고 하는 수밖에. 거품은 터져 사라지고, 생각 자체도 희미해진다. 의식만이 진동한다. 육신을 떠나도 의식은 존재한다. 죽어도 의식은 이어진다. 죽음이 주관적으로 체험할 수 없는 객관적인 사실이고, 진정 두려워해야 할 것은 육신의 죽음이 아니라 의식의 죽음이라면, 의식은 무엇으로 죽음을 맞이하는가. 커다란 의문이 솟아오른다. 의식은 무엇인가. 나와는 다른 존재인가. 죽어서도 이어지는 의식의 숨통을 끊는 것은 무엇인가. 의식이 의식 자체를 의심할 때? 그러자 거대한 구멍에 빠지는 듯한 감각이 일었다. 나는 무심코 가슴으로 책을 끌어당겼다. 저쪽에는 회벽이 있을 뿐 방에는 아무것도 없다. 참고 있던 숨을 내쉬며 책 표지를 보았다. 모르는 작가의 모르는 제목이다. 정신분석 책인 줄 알고 읽기 시작했지만, 중간부터 철학적으로 바뀌더니 지금 읽는 부분부터는 종교색을 띠기 시작했다. 머리말로 돌아갔지만 '이것은 픽션입니다'라고 쓰여 있지 않은 걸 보면 적어도 소설은 아닐 텐데. 의식이란……. 무엇이든 생각해서 알아낼 수 있는 것도 아니니 책을 덮었다. 재미있는 철학서나 종교서는 대체로 위험하다는 과거의 경험을 떠올리며 상자 안에 다시 넣었다. 내뱉는 숨이 뜨겁다. 동요한 줄 알았는데, 목이 아파와서 순의 편도선이 심하게 부었기 때문임을 깨달았다.

어느샌가 순은 깊이 잠들어 있었다. 덕분에 정신이 맑아져서 책장은 술술 넘어갔지만, 그동안 목감기가 심해진 것 같았다. 열이 나서 땀으로 등이 축축했고, 가슴에도 땀이 배었다. 땀 냄새도 이상했다.

일어나자 몸에서 열이 나서 땀방울이 흘러내렸다. 입냄새에 숨이 막혔다. 열로 모공이 활짝 열려서 피부가 가렵다. 수분이 부족한 걸지도 모른다. 피부가 가려우니 덩달아 짜증도 났다. 주체할 수 없는 분노. 이런 몸으로 태어났으니 어쩔 수 없었다. 좋아하지도 않는 남자와 키스도 했다. 순의 부탁을 거절할 수 없었다. 그것은 아버지와 어머니도 마찬가지다. 아버지는 기회가 있을 때마다 순을 쓰다듬었고, 어머니는 나를 엄하게 키웠지만, 슌은 편식을 해도 나무라지조차 않았다. 부모님은 분명 태어나서 5년 동안 슌을 인식하지 못한 것에 대해 죄책감을 느끼는 것이다.

중학생이던 어느 날, 나는 말을 할 수 있으면서도 입을 다무는 슌의 잘못이라고 생각하고 그것을 입 밖으로 냈다. 그러자 마치 잠자던 화산이 분화하듯 슌은 씩씩거리며 격노했다. 그리고 그날 밤 나는 밤새 심한 속쓰림에 시달렸다.

슌의 원한이 얼마나 깊은지 알게 된 뒤로 나도 반쯤 본능적으로 슌의 제멋대로인 행동을 따르게 되었다. 어머니 지갑에서 물건을 훔치거나, 아버지를 이용해 가고 싶은 곳에 태워다 달라고 하거나, 이따금 꺼내는 제멋대로인 말을 가족들은 순순히 들어준다.

이 목감기도 어쩌면 그 애의 생떼일지도 모른다. 슌의 원한에 오한이 들려 했을 때, 내 그림자가 사라지는 듯한 감촉을 느꼈다. 오른쪽에서 아무 기척도 느껴지지 않아서 시계를 보니 새벽 2시가 지나고 있었다. 슌은 몇 시간 전에 잠들었는데, 자는 시간이 이렇게까지 어긋나는 건 10년 이상 없던 일이었다. 슌은 잠든 뒤로 한 번도 꿈을 꾸지 않았다. 그 잠든 모습에서 오랜만에 죽음을 느꼈다.

침을 삼켰다. 평소에는 희미하게 울리던 침 넘기는 소리가 또렷하게 들린다. 배어나는 땀으로 온몸이 축축했다. 열로 머리가 어질어질해서 숨 쉬기가 괴로웠다. 걸음을 옮기자 긴 머리가 왼쪽으로 흘러내렸다. 보스턴백을 뒤져 파우치에서 손거울과 펜라이트를 꺼냈다.

"슌."

거울을 보며 말을 걸었지만 슌은 아무 반응도 보이지 않았다. 펜라이트로 거울을 비추며 입을 크게 벌렸다.

'부었어?'

슌이 자면서 그렇게 생각한 것 같았다. 살짝 튀어나온 편도선이 거울에 비쳤다.

"조금 부었네."

똑똑히 말하자 목이 아팠다. 대화를 하고 있다는 실감이 안 들고 자문자답에 불과한 걸 보면 슌은 역시 깊이 잠든 모양이다. 나는 손거울의 각도를 바꿔 얼굴 오른쪽만 비췄다.

자주 입 안쪽을 씹는 둥그런 얼굴. 분명 혼자만의 몸이었다면 슌은 귀여운 여자아이였을 것이다. 얼굴이 어긋나게 붙어 있는 까닭에 조금 삐뚤어진 얼굴로 보일 뿐이다.

슌을 들쳐 업은 기분으로 불이 꺼진 계단을 하나씩 내려갔다. 작은 전구 하나만 켜져 있어서 어스름했지만 눈앞의 계단은 간신히 알아볼 수 있었다. 눈앞의 풍경이 기울어져 있었다. 분명히 똑바로 내려가는데 깊은 잠 쪽으로 끌려가고 있다. 한 계단 내려갈 때마다 숨이 차서 임부처럼 입을 내밀고 달뜬 한숨을 내쉬었다.

주방은 컴컴했다. 완전히 나가기 직전인 싱크대의 전구는 연신 깜빡거렸고 그 빛을 컵이 희미하게 반사했다. 주전자는 비어 있었다. 컵에 수돗물을 받자, 물이 차며 흐릿했던 윤곽이 또렷해졌다. 컵에 든 물을 들이켰다.

부엌의 작은 창문으로 시선을 돌리자 하얀 무언가가 흔들리고 있었다. 눈을 가늘게 뜨고 자세히 보니 거미였다. 마디가 나뉜 두툼한 다리를 가진 커다란 거미.

"슌, 일어나. 큰 거미가 있어."

거미는 여위고 허여멀건한 병약한 아이의 손처럼 보이

기도 했다. 큰아버지는 젖먹이일 때, 아버지에게 영양분을 빼앗겨 이렇게 여위었던 걸까. 그러나 슌은 일어날 기색도 보이지 않았다.

창밖에서 공중에 매달린 거미가 흔들흔들 다리를 움직인다. 생물을 좋아하는 슌은 초등학생 때 등하굣길에 눈에 띈 생물은 무엇이든 잡았다. 풀 사이를 뛰어다니는 메뚜기나 나뭇잎 끝을 따서 지나가는 개미를 능숙하게 붙잡았다. 그걸 옆에서 보고 있으면, 명치 언저리에서 짜증스러운 감정이 솟아올랐다.

이 거미도 그때 곤충들과 같다. 별다른 의도 없이 꿈틀거리는 배와 다리, 그것들은 따로 움직이는 것처럼 보였지만, 오직 하나의 의식에 의해 통합되어 있다는 걸 알 수 있었다. 하나의 몸에 하나의 의식. 그 짜증스러운 감정은 질투였다. 나는 곤충을 부러워했던 것이다.

누구나 품는, 사춘기 특유의 자립에 대한 강렬한 동경. 당시의 나도 그런 감정을 느꼈고, 자기만의 몸을 가져야 비로소 자립할 수 있다는 유치한 확신에 사로잡혔다. 그런 걸 지금에서야 깨달았으니 굴절된 사춘기가 드디어 끝나려는 걸까. 그러자 가슴에 한층 더 끝이라는 느낌이 포개져서, 물을 한 잔 더 마셨다.

바깥의 가로등 불빛이 복도로 새어 들었다. 땀에 젖은 잠옷을 벗고 욕실로 들어갔다. 샤워기를 틀어 미지근한 물로 몸을 씻어 내렸다. 땀이 물줄기에 엉키듯 흘러내렸지만 타는 듯한 몸의 열기는 가시지 않았다. 오한이 멎지 않아 슌의 졸음에 끌려 들어갈 것 같았다.

욕실 의자에 앉아 꾸벅 졸았을 때였다. 1층 어딘가에서 들려온 신음 소리와 발소리에 번뜩 깼다.

'슌, 일어나!'

숨이 턱 막혀서 소리를 내는 것조차 무서워 머리로 생각했다.

'도둑 들었을지도 몰라.'

슌은 아무 반응이 없었다. 욕실 구석에 세워둔 청소용 밀대를 들고 밖으로 나왔다. 소리는 주방 쪽에서 들려왔다. 목욕 타월을 두르고 밀대를 머리 위로 쳐들었다. 도둑인 줄 알았는데 떨리는 신음 소리가 들려왔다. 직감적으로 그 거미가 큰아버지로 변신한 거라는 생각이 들었다. 성불시켜야 한다고 마음을 단단히 먹었다.

세면실에서 복도를 내다보니 어둠 속에서 들리는 신음 소리와 함께 잔뜩 젖은 발이 보였다. 하얀 맨발에는 뜯겨 나온 풀이 진흙 범벅이 되어 붙어 있다. 이내 전신이 드러났다. 흠뻑 젖은 채 이를 딱딱거리며 신음하는 아버지였다.

"뭐 하는 거예요?"

"형님 묘에 다녀왔다."

"이 시간에요?"

"사고 때문에 차가 막혀서, 방금 도착했어."

"안치는 내일 한대요."

"아, 그러냐. 으으, 춥다, 추워."

"메시지 안 봤어요? 밖에 비 오나?"

"묘지 문이 닫혀 있어서 뒤쪽 울타리를 넘다가 도랑에 빠졌다. 나오느라 죽는 줄 알았어."

목욕 타월을 건네자, 아버지는 머리에 타월을 뒤집어 쓰고 복도로 돌아갔다.

"아. 따뜻하다."

"잠깐! 더럽게!"

복도에 찍힌 젖은 발자국을 피하며 뒤를 따랐다. 아버지는 부쓰마에 들어가 불단 앞에 섰다. 촛불은 켜져 있었지만, 길이가 상당히 짧아졌다. 아버지는 불단에 놓인 유골함을 잠시 바라보다가, 살짝 어긋나 있던 뚜껑을 찰칵 닫았다. 아버지의 얼굴에 생채기가 나 있었다.

"괜찮아요?"

"괜찮아. 순은?"

"감기 걸려서 자요. 아빠, 큰아버지 꿈 꿨어?"

"아니. 아빠는 아무 꿈도 안 꾼다."

"그냥 기억을 못 하는 거겠지."

아버지는 세면실로 걸어가 젖은 점퍼를 벗었다.

"달빛이 없었으면 거기서 빠져나오지 못했을 거야."

나는 밀대를 아버지에게 건네고 주방에서 물컵을 가지고 2층으로 돌아왔다. 보스턴백에서 갈아입을 티셔츠를 꺼내 입었다. 몸 표면의 열은 사그라들었지만, 안쪽에는 아직 열이 남아 있다. 표면의 열이 내려간 만큼 열의 중심 윤곽을 선명하게 느낄 수 있었다. 한숨 자려고 자리에 누웠다.

눈을 감으면 열과 영상이 떠오른다. 나는 뒷산을 오르

고 있다. 순이 꾸는 꿈 같았지만, 느껴지는 감각은 기억 같기도 했다. 분명 깊숙이 묻혀 있는, 꿈인지 현실인지 알 수 없을 정도로 오래된 원시적 기억. 노란 모자를 쓴 걸 보면 유치원 때의 기억이다.

왼손에는 삽, 오른손에는 '하마기시 안'이라고만 쓰인 작은 노란색 양동이를 들고 있다. 밭에서 고구마를 캐는 다른 친구들을 등지고 혼자서 빠른 걸음으로 뒷산의 험한 길을 지나는 다섯 살의 나.

작은 몸에 열이 흘러넘친다. 그 시절이 서서히 현실감을 가지고 떠올랐다. 분명 그날은 아침에 일어났을 때부터 열이 나고 몸이 나른했다. 열이라고 해도 감기와 달리 몸속 깊이 갇혀 있는 듯한 느낌이었다. 체온계로 열을 재봐도 정상 체온이라 어머니는 유치원에 보냈다.

오후부터 유치원 뒤에 있는 밭에서 고구마를 캤다.

"안은 여기서 캐자."

선생님이 가리킨 고랑 사이에 비틀비틀 쭈그리고 앉았다. 더운데 땀은 나지 않고 안쪽이 뜨끈뜨끈했다. 하복부에서 올라오는 열기에 온몸이 그을리는 것 같았다.

고랑 앞에 앉아 흙에 삽을 꽂았다. 푹 소리를 내며 삽은 시원하게 고랑에 꽂혔다. 흙을 퍼내니 잘린 줄기가 섞여 있었다. 한 삽 퍼낸 고랑에는 줄기 몇 갈래가 수염처럼 툭 튀어나와 있었다. 그 줄기를 한 손으로 잡아당기면서 주변의 흙을 삽으로 털자 작은 고구마가 흙 속에서 차례차례 튀어나왔다.

모자와 티셔츠 사이로 햇볕에 노출된 목덜미가 타들어 가는 듯한 느낌이 들었다. 목덜미의 열기는 척추를 타고 옮겨 갔다. 목덜미에서 등, 등에서 허리로 내려간다. 다음 순간, 태양열이 하복부에 깃든 열과 이어졌다. 그러자 응집된 열이 고관절 근육을 힘차게 수축시켜서 솟구치듯 몸이 벌떡 일어섰다. 걸음을 옮겨 밭을 빠져나와 뒷산의 숲으로 돌진했다.

짐승들이 다니는 길을 걷고 있다. 두 종류의 열이 온몸을 도는 감각에 망연해진 나는 그 충동에 몸을 맡기고 걸음을 내디뎠다. 끓어오르는 열에 사로잡혀 아무것도 생각하지 못하고 그저 풍경을 바라보았다. 내 몸이 내 것이 아닌 것 같다.

후지산 모양의 구름이 호흡에 맞춰 커졌다 작아졌다 한다. 멀리서 들려오는 아이들의 들뜬 목소리도 차단기 소리로 바뀌고, 이내 개 여러 마리가 짖는 소리가 되었다. 길은 콘크리트가 깔린 좁은 골목으로 바뀌었지만 차례로 금이 가서 엉망진창이 되었다가 조금 뒤에 흙길로 변했다. 풀이 무릎 높이에서 허벅지 높이까지 길어졌을 무렵에는 흙길은 나무 말뚝과 얇은 통나무로 흙을 다져 만든 단순한 계단이 되었다.

머리에 끓어오르는 열로 의식은 여전히 몽롱했지만, 계단을 반쯤 올라갔을 무렵 저절로 걸음이 멈췄다. 뒤를 돌아보니 아래쪽 흙길은 어머니와 몇 번이나 함께 지났던 기억이 있다. 그러나 거기서부터 산 쪽으로 올라가는 이런 계단이 있었던가.

계단을 끝까지 오르자 작은 광장이 나왔다. 기묘한 향수가 느껴지는 곳이었다. 주변은 큰 나무들로 에워싸여 어둑하다. 울퉁불퉁한 바위로 둘러싸인 녹색 연못, 정체 모를 페인트칠 벗겨진 놀이기구가 설치되어 있다. 숲 안쪽에 전선이 없는 버려진 철탑이 하나 서 있었다. 지금은 아무도 없지만, 바닥의 풀이 밟힌 흔적이 있는 걸 보면 이곳을 찾는 존재가 있는 듯했다.

　울창한 풍경에 압도됐지만 다시 움직이기 시작한 다리가 문기둥 앞에서 망설이는 나를 광장 안으로 데려갔다. 주저 없는 걸음으로, 정체불명의 놀이기구를 지나 바위로 둘러싸인 연못을 뒤로했다.

　광장을 가로질러 숲이 시작되는 곳까지 가서 딱 멈춰 섰다. 굵은 나무뿌리 사이에 쭈그리고 앉아 노란 양동이에 넣어둔 삽을 들어 땅에 찔러 넣었다. 흙은 검붉은 뿌리에 달라붙어 있었다. 생장 과정을 함께한 흙은 굳은 마그마처럼 단단히 밀착되어 있어서 삽으로도 쉽게 털어낼 수 없었다. 여러 각도에서 찌르자 콘크리트처럼 단단했던 흙은 곧 부슬부슬 무너져 내렸다. 파괴된 흙 속에서 초콜릿처럼 얇은 파편을 집어 입에 넣었다. 검은 흙을 씹자 뽀드득, 갓 내린 눈을 밟는 소리가 난다. 흙은 차가웠다. 몸속에 쌓여 있던 열이 서서히 빠져나가는 느낌이 나더니, 흐릿한 것이 입 밖으로 빠져나왔다.

　씹다 보니 섬유질 같은 것이 이 사이에 끼어서 빼내자

수염뿌리였다. 침과 섞여 따뜻해진 흙을 토해내니 납작한 생물처럼 주르륵 떨어졌다. 다시 뿌리에 붙은 흙을 새로 입에 넣고 씹으며 파낸 흙을 모았다. 흙에 섞인 개미 시체와 잘려 나간 마른풀을 골라낸 뒤에 양동이에 차곡차곡 쌓았다.

작은 양동이에 흙을 다 담자 숨은 차가워져 있었다. 몸 중심에 식어버린 덩어리가 자리를 잡고 있다. 마지막으로 입에 넣은 흙은 목구멍이 절로 움직여 삼켜버렸다.

한 손에 양동이를 들고 발길을 돌려 바위로 둘러싸인 연못으로 걸어갔다. 연못 가장자리까지 오자 일면이 짙은 녹색으로 보였던 수면은 기다란 선 모양에 뒤덮인 풍경으로 바뀌었다. 짙은 녹색은 연못의 물 색깔이 아니라 수면을 뒤덮은 조류의 색깔이었다. 대량으로 번성한 조류가 연못 표면을 빼곡하게 뒤덮고 있다. 조류는 해캄과 비슷했지만, 도감에서 본 것보다 섬유 하나하나가 더 길고 굵었으며, 단단해 보였다.

돌을 연못에 던지고 싶어서 주먹밥만 한 돌을 던졌다. 연못 표면에 풍덩 내려앉은 돌은 그 무게로 인해 서서히 짙은 녹조에 휩싸여간다. 돌이 수면 아래로 가라앉자 살짝 파였던 표면은 금세 주변에서 밀려드는 조류에 묻혀 원래대로 돌아왔다. 이제 돌이 어디로 가라앉았는지 그 흔적은 찾을 수 없었다.

발밑에서 눈에 띄는 것을 찾아 빈손에 쥐고 차례로 연못을 향해 던졌다. 나는 두껍게 깔린 조류를 가르고 싶어서 빈 깡통, 깨진 도기, 던질 수 있는 건 무엇이든 던졌다.

곧 주변에서 던질 만한 건 사라졌다. 하지만 오른손에는 이미 적당한 나무 막대가 쥐어져 있었다. 그것으로 거대한 푸른 해캄을 찌르자 격렬한 흔들림이 시작됐다. 어떻게든 이 두꺼운 조류를 헤치려 했다.

조류는 육중했다. 오른손과 팔, 어깨에 묵직한 저항을 느꼈다. 켜켜이 쌓인 조류를 헤치고 안쪽으로 막대를 찔렀다. 20센티미터쯤 찔렀을 때, 저항이 사라지더니 막대가 조류를 관통했다. 간신히 막대가 해캄을 뚫고 나갔지만, 마음은 더욱 일사불란해졌다. 힘껏 원을 그리며 막대를 휘저었다. 밀어 헤쳐도 무겁게 밀려드는 거대한 해캄을 주변으로 밀어냈다. 이마에 땀방울이 맺혔다. 간신히 작은 구멍이 뚫리자 탁한 수면이 살짝 보였다. 그러나 곧 조류가 밀려와 구멍이 닫혔다. 해캄을 헤치고 구멍이 생길 때마다 연못 속에는 다른 것이 보였다. 수면 아래 얕은 곳에는 폐기물로 보이는 녹슨 철, 다갈색 바위, 두꺼운 책, 동물 뼈가 보였고, 조금 깊은 곳에는 보조바퀴가 달린 자전거가 보였다. 바닥이 보이지 않을 정도로 깊은 곳에는 거대한 탑이 가라앉아 있었는데, 수면을 뚫을 듯 솟은 그 첨탑 주변에 글자가 번진 종잇조각이 떠다녔다.

차례로 조류를 밀어내자 연못 속에는 더 이상 아무것도 보이지 않았다. 한없이 깊어서 아무것도 보이지 않는 것일까, 아니면 한없이 탁해서 1센티미터 앞도 보이지 않는 것일까. 섬뜩한 기분이 밀려들던 찰나, 거세게 숨을 내뱉었고 어느샌가 나는 비명을 지르며 두껍게 쌓인 푸른 해캄을 밀어내고 있었다. 구멍이 충분히 크게 벌어졌다고 느낀 순간 막대가 뚝 멈췄다. 아무것도 보이지 않는 짙은 녹색 물속을 눈도 깜빡하지 않고 다시 크게 숨을 들이마시고 소리치며 막대를 세게 휘저어, 해캄을 밖으로 밀어냈다. 무서웠지만 도통 멈출 수가 없었다. 몸이 절로 움직였다. 몇 번이나 반복한 후, 한층 더 깊게 꽂힌 막대를 당겼다. 해조가 다시 수면을 뒤덮는 가운데, 긴장에 휩싸여 조심스럽게 밖으로 나오는 막대를 마른침을 삼키며 지켜봤다. 수면 위로 빠져나오는 막대 끝이 휘어진다. 수면 밖으로 막대가 완전히 빠져나왔을 때, 붉은 덩어리가 막대 끝에 붙어 있었다.

그것은 작은 가재였다. 5센티미터쯤 되는 가재가 오른쪽 집게로 막대 끝을 꽉 잡고 있었다. 싱싱한 몸통은 마치 혼돈에 찬 연못에서 건져 올린 순간에 태어난 것처럼 보였다. 무색투명한 갑각을 보니 실제로 아직 태어난 지 얼마 안 된 어린 가재가 틀림없었다. 그렇지만 가재는 막대 끝을 꽉 잡고 있었다.

막대를 잡아당기자마자 밀려든 해캄에 구멍은 닫혔다. 건져낸 가재를 조류 위에 올려두자 가재는 집게발을 벌려 막대를 놓더니 조류 위에 내려앉았다. 그리고 주저 없이 그 위를 유유히 걷기 시작했다. 걸을 때마다 집게발이 위아래로 흔들렸다.

나는 고개를 숙이고 연못 안쪽으로 나아가는 가재를 바라보았다. 햇빛이 비치는 곳까지 가자 부드러운 갑각 위로 쏟아지는 햇빛에 내장이 선명하게 비쳤다. 처음으로 쬐는 햇볕에 반응하듯 가재는 양팔을 들어 집게를 벌렸다.

그 순간 존재를 느꼈다. 저 가재만큼이나 존재를 확신할 수 있었다.

목이 떨리며,

"앞에, 가재"

입이 저절로 움직여 말이 나왔다. 내 입에서 내가 아닌 목소리가 나온 것에 놀라지는 않았다.

말이 나온 다음 순간, 나는 내 절반을 놓았다. 입이 웅얼웅얼 움직이더니 배가 꿀렁거렸다. 몸 상태를 확인하듯 몸의 모든 부위가 꿈틀거리며 등뼈도 좌우로 물결치듯 움직였다. 혼자 있을 때보다 호흡이 편해졌다.

오른손이 막대를 내던지고 주먹을 꽉 쥐었다. 가슴에 뭉클하고 뭔가가 밀려들어 와서, 나는 거기에 포개듯 왼손을 꽉 쥐었다. 그러자 가슴에서 하나가 되는 감각에 기쁨이 솟아올랐다. 가슴이 간질거려서 웃음이 나왔다. 두 숨이 포개지더니 가슴 속에서 목소리가 한데 울려 퍼지며 부풀어 올랐다.

조류 위에서는 가재가 유유히 걷고 있다. 작은 집게발을 운반하듯 좌우로 흔들며 연못 안쪽으로 나아간다. 가재의 뒷모습을 지켜보는데, 바로 뒤에서 바스락거리는 소리가 들렸다. 그 압도적인 존재에 온몸이 바들바들 떨렸다. 커다란 혀가 날름 척추를 위에서 서서히 핥아 올라가는 것처럼, 등줄기를 따라 소름이 돋았다. 누군가가 빤히 바라보고 있다는 걸 알아채자 무서워서 돌아볼 수 없었다. 그 자리에 몸이 얼어붙었다. 숨도 쉴 수 없어서 그저 우두커니 서 있었다. 둘이서 입을 꽉 다물고 공포와 비명을 억눌렀다.

잠시 후 다시 바스락 소리를 내며 마침내 그것이 뒤를 지나쳐 사라졌다. 안도의 한숨이 새어 나오며 온몸에 돋았던 소름이 가라앉았다.

눈을 뜨자 갓 태어난 기분이 들었다. 양으로, 음으로 바뀌다 한 바퀴 순환했다. 낯선 천장을 올려다보다 깨달았다. 나는 새로운 생을 받아 다시 태어난 것이다.

한동안 천장의 나뭇결을 바라보다 그것이 교토 집 2층의 천장이라는 걸 알고 고개를 돌리자 손때 묻은 보스턴백이 보였다. 아래층에서 어머니의 목소리가 들려와 두 손을 들자 좌우 다른 모양의 손톱이 보였다. 같은 생을 살면서 다시 태어날 수도 있다. 또는 죽음이란 그런 것이다.

목구멍의 통증을 느끼자 다시 태어난 기분은 사라져갔다. 차례로 온몸의 열감이 퍼져나가, 어젯밤의 모든 것이 흐려졌다.

살아 있으니까 아직은 망자의 상을 치러야 한다. 큰아버지의 유골을 안치해야 한다고 생각하며 이불에서 몸을 일으켰다. 몸이 분명한 무게를 가지고 나를 짓누른다. 이 무게만큼은 어찌할 도리가 없다. 똑똑한 척 어떤 깨달음을 얻어도, 살아 있는 한 몸에서는 벗어날 수 없다. 앞으로도 한동안은 이렇게 살아가겠지.

전등은 꺼져 있었지만, 커튼은 3분의 1쯤 젖혀져 있어서 실내는 환했다. 열이 하나도 내리지 않은 걸 보면 조금 더 앓을 것 같다. 하늘하늘 흔들리는 커튼을 보고 홀린 듯 이불에서 나왔다. 열로 달뜬 몸을 이끌고 간신히 창문까지 가자, 창틈으로 새벽녘의 찬 공기가 온몸에 내려앉았다.

안을 깨워야겠다는 생각이 들었다. 숨소리는 빨려 들

만큼 온화했다. 안은 모든 것을 내던진 듯 깊이 잠들어 있었다. 너의 편도염에 시달리는 건 이제 지긋지긋하다는 신호처럼 느껴지기도 해서, 깨우지 않기로 했다.

옅은 빛이 새어 들었다. 머리맡에 한 알이 빈 해열제가 놓여 있었다. 컵에 담긴 물로 한 알 더 먹으려고 했지만, 목구멍이 장벽처럼 막아서서 약은 입 밖으로 튀어나왔다.

손거울로 목 안쪽을 들여다보니 편도선이 목구멍을 막을 정도로 부어 있었다. 뜻밖에도 양쪽 편도선이 부어 있었는데, 굳이 따지자면 왼쪽이 목구멍을 막듯 비대해져 있었다. 부은 모양새를 보니 복수하고자 하는 몸의 의지가 느껴졌다.

'안, 괜찮아?'

하지만 목소리는 나오지 않았다. 몸속에서 울려 퍼졌지만, 안쪽에서만 울릴 뿐이었다. 목이 심하게 부어올라서 몸의 빈 공간을 덮어버린 느낌이었다.

'병원 가자.'

안은 서서히 눈을 뜨고 고개를 끄덕이더니 다시 금세 잠들었다. 계단을 내려가 주방으로 향했다. 호흡이 거칠어지자 목구멍 사이에서 휘익, 피리 소리가 났다. 주방에 들어서자 숨이 가빠져서 목구멍에서 으스스한 고음이 울려 퍼졌다.

내가 목을 가리키자, 할머니는 상기된 목소리로 눈을 휘둥그레 뜨고 말했다.

"무슨 일이니?"

숨을 가다듬으며 손가락으로 X 자를 그렸다.

"목소리가 안 나온다고?"

할머니 뒤에서 어머니가 기다란 젓가락을 내려놓으며 물었다.

"슌."

발목에 파스를 붙인 잠옷 차림의 아버지가 복도에서 주방으로 얼굴을 내밀었다. 고개를 두 번 끄덕이고 나서 입을 활짝 벌렸다. 입을 벌리자 목구멍에 극심한 통증이 느껴졌다.

"어머, 고름이 꽉 찼네. 병원 가서 빼내야겠어."

어머니가 목소리를 높이자 할머니는 찬장에서 휴대전화를 집어 들고 가스불을 껐다.

"슌, 의료보험증 가져왔니?"

나는 상인방에 걸어놓은 옷걸이에서 코트를 꺼내 어깨에 걸쳤다. 주머니에서 지갑을 꺼내자 '카드 수납 칸 맨 위쪽을 봐'라고 안이 머릿속에서 중얼거렸다. 보험증이 있는지 확인하는데 주차장에서 시동 거는 소리가 들렸다.

현관을 나서 차에 타려는데 창문 안쪽에서 할머니의 목소리가 들렸다.

"시민병원에 연락했는데 지금 오면 된대. 뒤쪽 응급실로 가면 돼."

아버지가 차 안에서 손을 들어 답했다. 조수석에 앉아 안전벨트를 매자 차가 천천히 출발했다.

아직 어슴푸레한 주택가에는 아무도 없었다. 맞은편 도로에 저 멀리 조깅하는 사람의 뒷모습만 보일 뿐이다. 맹렬히 밀려드는 열에 축 늘어져 좌석 깊숙이 몸을 묻었다. 안은 고개를 기울여 게슴츠레 눈을 뜨고 운전하는 아버지의 옆모습을 바라보았다.

출근 시간 전의 빈 도로에는 이따금 스쳐 지나가는 차들의 엔진 소리만 들릴 뿐이었다. 금방이라도 목 가운데가 막혀버릴 것 같은 질식감에 목구멍에서는 한층 더 높은 소리가 났다. 창문을 살짝 내려서 신선한 산소를 들이마셨다. 질식하면 동시에 죽을 수 있겠구나. 산소가 부족한 뇌로 그런 생각을 하자 안은 긴장을 풀고 편안해졌다.

안은 아이들이 우리의 유골을 안치하는 장면을 상상했다. 유골함은 역시 하나였고, 우리의 아이들이 묘를 열고 납골실에 유골함을 안치한다. 옆에는 아버지와 큰아버지의 유골함이 나란히 놓여 있다. 그리고 아이들이 묘석을 제자리로 돌려놓고 문을 닫으면 납골실은 완전한 어둠에 휩싸인다. 그로부터 또다시 몇십 년을, 100년을 함께 지낸다. 그곳에서는 모든 유골함이 하나의 내장에 지나지 않는다. 언젠가 100년 후의 자손들이 흙으로 돌려보낼 때까지 아직 긴 시간이 남았다.

그러자 아침 공기의 내음이 더욱더 선연하게 느껴져서, 나 역시 편안한 기분에 휩싸인다.

옮긴이 최고은

도쿄대학교 대학원 총합문화연구과에서 석사 학위를 받았고, 현재 동 대학원 박사과정에서 일본 전후 문학을 중심으로 공부하면서 전문 번역가로 활동하고 있다. 옮긴 책으로는 히가시노 게이고의 《당신이 누군가를 죽였다》, 온다 리쿠의 《도미노》, 무라타 사야카의 《지구별 인간》, 미치오 슈스케의 《스켈리튼 키》, 요코야마 히데오의 《64》, 모리무라 세이치의 '증명' 시리즈, 미카미 엔의 '비블리아 고서당 사건수첩' 시리즈 등 다수가 있다.

도롱뇽의 49재

초판 1쇄 인쇄일 2025년 2월 12일
초판 1쇄 발행일 2025년 2월 26일

지은이 아사히나 아키
옮긴이 최고은

발행인 조윤성

편집 박고운 **디자인** 정효진 **마케팅** 최기현
발행처 ㈜SIGONGSA **주소** 서울시 성동구 광나루로 172 린하우스 4층(우편번호 04791)
대표전화 02-3486-6877 **팩스(주문)** 02-598-4245
홈페이지 www.sigongsa.com / www.sigongjunior.com

글 ⓒ 아사히나 아키, 2025

이 책의 출판권은 ㈜SIGONGSA에 있습니다. 저작권법에 의해
한국 내에서 보호받는 저작물이므로 무단 전재와 무단 복제를 금합니다.

ISBN 979-11-7125-799-7 03830

*SIGONGSA는 시공간을 넘는 무한한 콘텐츠 세상을 만듭니다.
*SIGONGSA는 더 나은 내일을 함께 만들 여러분의 소중한 의견을 기다립니다.
*잘못 만들어진 책은 구입하신 곳에서 바꾸어드립니다.

WEPUB 원스톱 출판 투고 플랫폼 '위펍' _wepub.kr
위펍은 다양한 콘텐츠 발굴과 확장의 기회를 높여주는
SIGONGSA의 출판IP 투고·매칭 플랫폼입니다.